林文寶 編著
張晏瑞 主編

林文寶兒童文學著作集

第四輯　其他編

第五冊
兒童文學工作者訪問稿
（下）

林文寶兒童文學著作集　第四輯　其他編　第五冊

兒童文學工作者訪問稿（下）

林文寶　主編
張晏瑞　主編

《兒童文學工作者訪問稿》原版書影

國家圖書館出版品預行編目資料

兒童文學工作者訪問稿／林文寶主編. --初版
--臺北市：萬卷樓，民 90
面；　公分
含索引
ISBN 957-739-353-5(平裝)

1.中國兒童文學

859　　90009372

兒童文學工作者訪問稿

編　　者：林文寶
責任編輯：李冀燕
發 行 人：許錟輝
出 版 者：萬卷樓圖書有限公司
台北市羅斯福路二段 41 號 6 樓之 3
電話(02)23216565・23952992
FAX(02)23944113
劃撥帳號 15624015
出版登記證：新聞局局版臺業字第 5655 號
網站網址：http://www.wanjuan.com.tw/
E　-mail：wanjuan@tpts5.seed.net.tw
經銷代理：紅螞蟻圖書有限公司
台北市內湖區文德路 210 巷 30 弄 25 號
電話(02)27999490
FAX(02)27995284
承印廠商：晟齊實業有限公司
電腦排版：浩瀚電腦排版股份有限公司
定　　價：500 元
出版日期：民國 90 年 6 月初版

ISBN 957-739-353-5

《兒童文學工作者訪問稿》原版版權頁

目錄

理論的涉略需要不斷地去擴充，就如同要談科學童話，本身也要有一些科學的素養。這是很浩大的工程，希望台灣在這方面有好的開始。

—— 傅林統

☞左起：傅林統、郭鈴惠

傅林統專訪

——兒童文學的教育尖兵——

◎第一次訪問

地點：桃園市傅林統校長住宅

日期：一九九八年三月二七日

訪問者：郭佑慈

◎第二次訪問

日期：一九九八年四月二日

時間：早上九點～十一點

訪問者：郭鈴惠

定稿者：郭鈴惠（一九九九年五月二十日）

八十八年二月，春寒料峭，循著桃園小市鎮細細長長的小路，來到這幢滿蘊書香的質樸小屋，迎面而來的是一張親切和煦的笑臉。燦爛的笑容，一掃寒流來襲的陰霾，溫文儒雅又和善的態度，更讓滿室春風。小屋主人，正是大家熟悉的老朋友——傅林統校長。

奉獻半輩子歲月於最基礎的小學教育，更戮力不懈於兒童文學的創作、研究、評論與教育，走過青春至髮白，不但創作作品源源不斷，更指導無數兒童文學研習活動，並將多年研究兒童文學的心血結晶結集成書，如《兒童文學的思想與技巧》（富春文化事業股份有限公司，一九九〇年七月）、《少年小說初探》（富春文化事業股份有限公司，一九九四年九月），不但充實了兒童文學的理論基礎，更導引了許多後生，循其腳步，昂首闊步而行。尤其，又譯介了在國際上被譽為兒童文學理論雙璧之一的法國文學史家保羅．亞哲爾的《書．兒童．成人》（富春文化事業股份有限公司，一九九二年三月），注入真正站在兒童和文學的立場來談論兒童文學的觀念，無疑是領航的明燈，不但感動了無數喜愛兒童的人，也指引了兒童文學的正確航向。

緣起於說故事給升初中時代的鄉下孩子聽，一晃眼，半世紀悄然而逝，卻仍童心未泯地孜孜矻矻於兒童文學的沃土中，其關愛孩童之心如是！今日，兒童文學的花園中，花團錦簇，繁花似錦，傅校長遠在半世紀之前，即於第一線的小學教育打先鋒，拓荒奠基的先驅尖兵精神，叫人感佩萬分，其功更不可沒！

於是，當聆聽這位提攜後進成長，溫暖有如父執輩般的兒童文學教育尖兵，娓娓道來，一場心靈饗宴於焉展開……。

＊ ＊ ＊ ＊ ＊

說個故事給你聽……

——您是如何從一位國小教師走入兒童文學創作的領域？

林良先生講過一句話：「兒童文學是寂寞的一行。」所謂「寂寞的一行」，就是沒有人注意，出版界不熱衷，市場也很有限，家長、學校對同學的閱讀方面也不重視。但是，我總覺得兒童文學對兒童是很重要的。

最初，我是在鄉下小學服務。鄉下會讓孩子升學的家長不多，為了讓鄉下孩子有所發展，就得先通過初中入學考試。當時鄉下的讀書環境並不好，所以鄉下老師不計任何報酬，拚命地給自己的學生做課業輔導。雖然不用另交學費，學生卻不一定願意留下來，小孩子是很愛玩的。那時候就想出一個辦法，每天留他們下來讀書，最後要放學的時候就講一個故事給他們聽，如果他們明天願意來，再講一個故事，有時候是講一些世界名著，像格林童話、安徒生童話，甚至於講《三國演義》。當時比較流行眞平、四郎，陳定國的作品，爲了留學生在學校補習，幫他們能考上初中，老師就利用故事吸引他們留下來，有時候故事講完了，就只好自己想，我創作的動機就是這樣來的。

——您之後又如何從創作的領域走入兒童文學理論寫作？

這個原因是有兩方面：一方面擔任校長後，工作壓力大，思維轉爲邏輯思考，較不適合創作；另一方面，板橋國校研習會剛由陳梅生接任主任，他有一個想法，小學老師像一棵幼苗旁邊的竹子，幼苗逐漸長大，這枝竹子卻逐漸腐朽。爲了幫小學老師開發一個適合自己興趣、個性的專長，並且能隨著教學逐漸發展。陳主任就認爲寫作是一個蠻好的方向，可以讓老師發揮專長，於是就在研習會設立兒童讀物寫作班，這個班包括創作和理論的教學。當時我參加了第一期，第一期來講課的人有林良、馬景賢等人。後來因爲這個關係，《國語日報》就有一個〈兒童文學版〉，由馬景賢主編。我投了一篇稿，馬景賢先生就打電話來要我繼續寫。過了一段時間沒寫，他又打電話來說：「你怎麼很久沒寫了？就這樣子一直寫下去，寫一些心得和理論，這些文章都是在《國語日報・兒童文學版》上發表的，後來自然形成類別、系統，最後結集成書，也就是《兒童文學的思想與技巧》那本書。其實有很多人在這方面都下了功夫，我只是比較用功，又有馬景賢先生在一旁催促，才能不斷持續下來。但是，一直以來仍然覺得創作是最愉快的。

基礎教育打先鋒

——小學教師一般被視為兒童文學創作的最適合人選，不知您是否認同這種說法？

一個人是否適合創作兒童文學作品，個人條件比較重要，職業並無決定性作用。正面的說法是認為終日與兒童相處的教師，最了解兒童的生活，也最貼近他們的心理，懂得他們的需要和興趣。至於反面的說法，則是有些教師誤把「教材」當做作品，自己在編寫「教材」，卻以為在創作，這樣當然成不了作家。

——素聞日本讀書風氣甚盛，常見人手一册，甚至，有人統計結果日本人月讀書平均以册計，而台灣以頁計，今風聞台英社已計畫今年起將改變型態，不再出版童

書，面對童書市場之衰退，不知您對提升國內讀書風氣，有何看法？

在台灣「幼兒書」的市場一直都還算不錯，可是「文學性」的讀物成長不佳，而「知識性」讀物則穩定成長。許多出版社或許在調整出版策略吧！讀書風氣的提升必須各方面配合，媒體、網路、社區圖書館，各種讀書會都有關。至於兒童的讀書風氣，學校需擔負重任，教師的引導尤其重要。社區圖書館或鄉鎮圖書館，應仿照加拿大李利安．史密斯的做法，採取「主動出擊」的方式，訓練志工輔導員深入學校和家庭。

——導讀者在兒童文學作品上扮演一個怎樣的角色？

我們常常會這樣講，書本身或作品本身就要有吸引兒童的魅力，爲什麼還要一個導讀者作橋梁？但是從實際的觀察來看，對兒童來說，不管是選書能力，或者是對書的解讀能力，孩子都需要一個輔導者。如果一本書連大人都覺得沒有辦法理解，他會買來給孩子看嗎？學校的圖書館會有這種書嗎？因爲有這種基本的問題存在，師院的課程應該把兒童文學的基本理念和觀念，以及如何引導兒童閱讀作品，這兩個方向列爲師院的必修課程。這樣一來，會有更多人來參與這方面的研習，而不是只是少數想成爲作家的人參加。這應該是每一個老師都要參與的，因爲教學是每一個老師的任務。

——既然老師之於引導兒童如此重要，校長在教育界服務這麼多年，對小學現階段之兒童文學教育推展有何看法？又教師兒童文學素養不足，如何補強？師資培育的相關配套課程又該如何設計爲佳？

這是我個人的看法：現今小學國語課的教學，停留在一個文字教學的階段，沒有文學的教育。一個新的教材，生字教一教，新詞教一教，解釋造句教一教，就沒有了，沒有其他文學性的探討。內容深究應該是文學性的探討，但是沒有做到。沒有做到的原因有兩個：一個是小學老師本身對文學的素養不夠；另一個就是他們認爲時間不夠。教學的看法是整個觀念的問題。現在我們國語科每課的教學，尤其是二到四年級階段，每個生字出現的次數都非常多，每一個老師都要求學生必須將每一個字牢牢的學好。我的看法是，當成生字的字不要很多，很多生字只要認識就好了，不一定要會寫，那些必須要牢記筆順、寫法的字不要太多，讓孩子從其他文章，或者是課外閱讀裡去接觸，接觸多了自然而然會了解，逐漸去記憶，不必花老師很多時間，一個一個字去教，兒童自然而然就學會，這就叫作「內在學習」。這不是你特別刻意拿出來教學，而是兒童透過內在學習認識那些字。這樣的教學方式，可以減少讀書課裡生字的負擔。不過這只是一個想法，如果要落實在小學教育裡，可能很困難，因爲這樣考試分數就考不高了，老師會受到蠻大的壓力，我自己當老師時就曾經這樣教過，讓小孩子讀很多課外讀物，時間不必浪費在很多生字的習寫，課外書有時候建議學校買，或讓小朋友自己湊錢買，每個小朋友共同出錢做爲基金。

小學教師不一定要成爲作家或評論家，但是他們必須懂得評量作品，看得出怎樣的作品是適合兒童的，同時從社會、科學、人際關係以及人類的未來等問題，都能看得出作品所含的價值，進而應用於教學上——包括閱讀指導和心理輔導。再者，爲了使「文學教育」順利發展，教師本身必須謙虛、積極地從事作品的研究，以培養豐富的文學鑑賞能力。而這種研究的層次，不能只停留於一般的鑑賞，或表層的解釋，甚至只注意到作品的「教訓」，而忽略了「感動」的深層面。教師對兒童文學作品的鑑賞能力，直接影響到教學品質，因此如何使教師具備豐富的文學鑑賞能力，善盡文學教育的任務，正是當務之急。尤其，培養教師的興趣和對文學的涵養是先決條件，規劃妥切的「教師兒童文學研習課程」和師院的學分，就更形重要了！

不過目前都偏於「創作的研究」，而甚少「兒童文學教育」的探討。因為教師的本職在「教育」，教師與兒童文學的關係是在選書、鑑賞、導讀。換句話說，教師應做為作家與小讀者之間的橋梁和溝通者，而並不一定要成為作家。因此，我覺得對培訓老師的兒童文學課程上，不要只限定在指導他們的寫作技巧，或要他們成為兒童文學的作家。這樣的課程方向，很多老師會產生抗拒的心理，他們會覺得說：「我又不想成為兒童文學作家，你要我去研習這個幹嘛？」這樣參與的人數就變得比較少，只有想成為兒童文學作家的人才會來，或者是有一些文學寫作天賦、因寫得不錯而被肯定的人才會加入這個領域。但是事實上，能夠寫得稍微好一點的人不是很多。我們還是希望其他老師能夠了解兒童文學，因為他究竟還是要擔任兒童與兒童文學之間橋梁的工作，他必須對兒童作導讀的工作。如果他不了解，觀念還是很陳舊，對導讀或是新的創作品都不了解，或沒有辦法接受，他拿什麼去指導兒童呢？在「台東師範學院．兒童文學研究所」舉辦的童話學術研討會上，我們都在談非常前瞻性的東西，但是一般老師們會接受嗎？他們不接受，就不會把這些東西介紹給兒童，就算介紹給兒童也只是介紹，他們不會引導孩子們怎樣來閱讀這些作品。所以很好的作品必須要有很好的導讀者，這樣才能落實在兒童上面。

——日本在「兒童文學教育」這方面的作法又是如何呢？

日本的升學壓力也是滿重的，他們稱為「考試地獄」，他們老師在教學上所面臨的壓力也和我們一樣，所以在兒童文學的推展上也遇到很多問題。跟台灣一樣，日本的幼兒教育比少年文學要好得多，因為那個階段家長的要求比較不多。入學後，家長便不讓他們看太多課外書。但是日本推薦好書的活動非常多，有些由政府機關來做，有些則是民間團體，例如：他們有童話協會、圖書館協會等團體，好像我們現在辦的「好書大家讀」活動，每年定期都推薦好書，藉由媒體讓家長、老師知道好書，這樣的活動在日本很多，對兒童文學的發展蠻有影響和幫助的。

——身為校長或主任之行政人員，對於推展兒童文學教育，不知有何可著力的策略？

桃園縣在胡鍊輝先生當教育局長時，推展「書香滿校園」活動，便值得參考。但是否可行，得看全校共識程度如何。

我服務過的學校，有好多老師都願意主動了解這樣一個觀念，所以就在學校組成一個讀書會。讀書會裡面，我就會介紹一些兒童文學理論的書，跟他們交換意見，週三進修的時候，也曾經去其他學校談過這些觀念。小學老師對這種觀點跟理論接受的程度還算不錯，但是不一定會在實際的教學去展現，老師還是感覺要配合家長，所以他們非常注重兒童讀物的教育性，有的教育性甚至會變成教訓，現在有這種觀念的老師還是蠻多的。

另外，在瑞豐國小的時候，因爲學校大部分教師（大約有八〇％）的配合，再加上教務主任也很熱心，就在一、二年級推行母子作文，所謂的母子作文，就是說把小孩子講的話請媽媽寫成文章。在家長方面，雖然不是每一位家長都熱心配合，但是沒有關係，我們可以不拘形式，那時候全校有三十六班，能夠做幾個班級就做幾個班級，並不要求全校都要實行，一個班級內如果有十個家長願意配合，就要求老師做做看，這樣的方式本來是抱著比較悲觀的態度，但是卻有不錯的回應。還有一種請家長批改日記的活動，這個活動也沒有硬性規定每一個班級都要實施，願意配合的班級就進行，老師當然也參與批改日記，不過鼓勵家長先看過，並寫鼓勵的話，家長若是沒有時間，也希望家長能夠蓋章簽字，使家長也能加入學校的課業活動。再來就是有關兒童詩的教學，情況也和前面一樣，願意做的老師做，不願意的老師也可以不做，並不影響老師考核的成績，學校則是提供各方面的資源，如果需要一些書籍，或是影印資料，或把兒童詩集結成册，需要一些製本費，這些學校都無條件供應，當時學校教師的配合度都很高，讓我覺得很溫馨。不過，在龜山國小因時間較短，就無法如此實施，所幸，他們仍有自發性的教師讀書會，會邀請我參加，予以介紹教育、文學、兒童文學等各類書籍，作爲方向引導，效果也還不錯。

——校長曾經大力推動桃園區域兒童文學，可否談談這件事？

個人在桃園地區推動兒童文學的情形是這樣的：

㈠編輯《桃縣兒童》：

《桃縣兒童》是區域性兒童刊物，民國五十五年創刊，發行十年，計百餘期。從創刊至停刊，都由許義宗、徐正平、林後淑及本人擔任編輯。發掘並培育許多本縣兒童文學寫作人才，並推展兒童文學教學、導讀工作。

㈡策劃教師兒童文學研習會：

從六十一年起十年間，本縣教師兒童文學研習，都由本人和徐正平、曾信雄、吳家勳等共同策劃推行。先後邀請林良、馬景賢、楊思諶、林煥彰、蘇尚耀等兒童文學知名人士蒞縣演講，開兒童文學研究之早期風氣。

㈢編輯《桃園縣教師兒童文學創作選集》：

自六十年代起，桃園縣每年都出刊一册《桃園縣教師兒童文學創作選集》，初期由本人、徐正平、曾信雄、吳家勳等編輯，沈蓬光畫插圖。

日本經驗

——校長從日文轉譯了《書．兒童．成人》一書，談一談當初轉譯這本書的想法？

日本在兒童文學的創作、翻譯，還有理論研究，不管是在廣度或深度上，都比台灣來得豐富、深刻，所以我就決定把一些日本的成果介紹進來。台灣剛開始的時候，對兒童文學還沒有一個可以讓很多人可以認同的觀點，當時像二十四孝那種觀念還是蠻多的，事實上在歐美來講的話，一百多年之前，就已經跳脫這種觀念了。所以我感覺到一種使命感，如果不把這些觀念介紹過來，好像沒有辦法促進台灣這種觀念的進步，因此我把《書．兒童．成人》那本書轉譯過來。那本書本來是法國人的作品，日本人很早就翻譯了，算起來已是一百年前的著作，也就是說，一百年前歐美就有那樣新的觀念了。我把那一本書和好多小學同事談過以後，他們認為：「這是一個很前進的想法，台灣要到達這個境界應該要幾十年以後才會到達，我們現在為什麼談這個。」

我說：「不是啊！這是法國一百年前的作品，人家都已經有這樣的觀念了，我們還在談忠孝節義、二十四孝那一種兒童文學的觀點，實在是太沒有前瞻性的眼光了！」所以就決定把這些好觀念給介紹進來。

——既然校長您日文的造詣頗深，曾將《書．兒童．成人》一書譯介至國內，而您在其他訪問中亦曾談及兒童文學交流之重要，我們知道，日前李潼的《少年噶瑪蘭》已譯成日文，不知您在退休後的閒暇中，是否考慮將台灣優良的兒童文學作品也介紹至日本呢？而其可行性又如何呢？

將台灣的兒童文學作品介紹至日本，由本人去做的可能性很小，幾乎是零。因爲本人讀解日文自信尚可，但寫出具有文學性的美文，尚無充分的自信。況且日本文學界懂漢文者比比皆是。問題是在日本出版者是否有意願？目前意願還不大。《少年噶瑪蘭》有指標作用，希望在日本能被注目並暢銷，以後台灣作品「銷日」才有寬廣的路。

——日本在兒童文學領域內有沒有值得讓我們借鏡的地方？

在日本，只要世界上有什麼新的作品，他們馬上就有翻譯，不論是創作或理論書籍。另外，一些大的出版社，像「福音館」、「巧連智」等因爲在財務上已經很健全了，爲了回饋兒童文學界，會出版一些不容易推銷或賣不出去的理論書，這樣一種出版態度，讓理論書在日本不怕沒有出路。出版社都是在兒童圖書上賺了錢，才開始去回饋兒童文學界。在台灣這樣的現象會逐漸出現，像「國語日報」等大公司，要有這樣的出版理想才好。

談理論、創作、改寫與評審

——理論之影響創作爲何？您既有創作又有理論之實務經驗，是否認爲理論之探究或評論之刺激，均有助於提升創作的水準？

理論與創作應是相輔相成，理論與評論是一體的兩面，也可以說評論是理論的應用。理論可使創作更紮實，更具文學性、藝術性。評論可分辨作品的優劣，刺激作家往更富有創意的藝術境界發展，並幫助讀者選書。

——目前日本兒童文學理論的情況如何？

以目前來講，日本對兒童文學從心理學的觀點來研究的風氣很盛。像這樣的研究就可以運用到輔導學上面來，不論是對成人的輔導，或是小孩子的輔導，從心理學的觀點去研究兒童文學作品，有時候可以讓心理有障礙時的閱讀者，做為自己的閱讀治療；老師閱讀之後，可以用來輔導學生，像這樣的風氣很盛。還有一個是對作品、作者的研究，針對作者或是人與書的研究評論，這樣一個方向是對作家的一個鼓舞，你努力、努力、努力到差不多定型，有一個風格以後，就有人會對你個人做一個研究，然後出書，這方面的研究在日本蠻多的。譬如在台灣就可以做林良的研究，因爲他已經有個人風格了，對他做研究就有需要，然後讓他的英名可以永遠流傳，不是很好嗎？研究他對兒童文學的貢獻、豐富的作品，乃至對他本人的研究，對兒童文學思想、情感、投入的那種可敬佩的行事風格，都包括在內。這樣一種研究現在在日本很盛行，對他們老一輩的兒童文學作家，已經有人做這樣的研究了，這對新一輩的作家是蠻大鼓舞，因爲他努力一段時間以後，也有人會對他做研究，做爲一個肯定的資料留存下來。

——校長以前改寫過很多民間故事，不知道校長對改寫有什麼意見和看法？

以前黎明書局要出中國的民間故事十本，世界民間故事十本，所以就這樣替他們改寫過十幾本書。改寫不是一件很容易的事，眞的需要用心，不只是將古籍從文言文改成白話文就好了。故事應該在改寫之後能夠呈現出完整的童話面貌，如果只是把《搜神記》裡面一些神話故事改成白話文，其中的起承轉合並沒有故事性存在，就不能算是很好的改寫。至於是要忠於原典或是再創新，改寫者可以自己決定，你可以忠於原來的思想和感情，改寫成很有故事性的作品，或要賦予它現代的精神，這樣就變成一種再創造，不只是改寫了。同樣的故事可能因此會更生動，更有意義，超越前面的作品。像安徒生的作品有很多就是這樣，他根據丹麥的民間故事去改寫，但是把自己的思想感情放在裡面；丹麥人一看就知道是哪一個民間故事改編過來的，但是裡面的感情和思想已經是安徒生的了。以前我改寫黎明書局那套書是把大部分的思想保留原貌，依照原作的思想再改寫成一個完整的故事。我的想法是：故事爲什麼會流傳那麼久，一定有一種他們想要保存的智慧在裡面，因此我要把那個思想保存下來。這個樣子的一個寫法就是格林童話的寫法。格林童話是忠於原來作品的智慧，也就是說，老祖先留下來是要告訴後代些什麼？剛剛說的安徒生就不是這種方法，這兩種方式沒有什麼對不對或好不好的問題，只是說方式不一樣，像格林童話的評價也是很高，並沒有說格林童話是忠於原作，就比安徒生矮一截。

——校長擔任過很多文學獎的評審工作，請問校長的審查標準何在？特別重視作品的什麼地方？

第一要看它的表現方法，用什麼技巧來表現主題。譬如說小說，它是用平鋪直敘的方式還是倒敍？或是象徵的方式？或者它可以讓讀者感覺到一種很新鮮、具震撼力的表達方式？這個就是我所說的技巧，我評審主要是看這一點。接下來是看文體。童話該有怎樣的條件？這個條件應該如何去評它？如果它這次徵文的項目是童話，他寫小說來參加，應該就不能列入評審。雖然文類沒有很清楚的分別，有中間灰色地帶的存在，兩個文體間彼此會有滲透，但是如果截然沒有一點童話特質存在，只有小說的條件存在，這樣就不對了。如果說你寫的是小說和童話彼此滲透的作品，這樣子也不錯。

切切期許，深深盼

——對海峽兩岸文學交流有什麼看法？

先從本土出發，然後擴散爲世界觀，著眼點首先必須在鄉土，之後有前瞻性的看法，這樣才是比較好的一個方向。但如果只注重本土，對世界觀做排斥，也是不好的。在《書．兒童．成人》那本書裡面，亞哲爾就蠻著重這方面，他認爲兒童文學應該是世界各個國家民族跟兒童之間都可以相通的一個東西，雖然你從你的本土出發，但是兒童的心是世界各國的兒童都相通的。所以不只是和大陸的交流，世界各國的交流我想都是很重要的。交流並不一定是這種形式上的會議。出版社與出版社之間的交流，作家與作家之間的交流，都應該要熱絡起來才對。像台灣和日本的交流就不是很多，「巧連智」或「福音館」到台灣來，也應該把它當成一種交流的形式。我們可以跟「福音館」有意見上的交換，不要只是你們到這邊來出版，占有台灣的市場，也應該讓台灣作家的作品能夠到日本去，日本的「福音館」也可以出台灣的東西。台灣的東西在日本應該可以銷售，因爲如亞哲爾所說：「兒童的心是一樣的。」美國的兒童、台灣的兒童和日本的兒童，心是一樣的。

——校長曾著有《少年小說初探》一書，對少年小說之類型、發展、趨向多有論述，不

知您對國內少年小說未來之發展，有何期勉或建言？

在台灣「少年小說」是兒童文學裡應積極開發的一環，事實上，讀者羣很多，只是很多青少年沈迷於「言情小說」和「暴力漫畫」而已。台灣的少年小說應往「文學的感性」方面發展，以藝術的趣味吸引讀者，把讀者羣從「黃」與「黑」當中引導過來。

——**校長您對兒童文學研究，又有何深切的期盼呢？**

很直接、明確的一個期盼：培養師範學院或各大學的「兒童文學」師資。再來能夠成爲「兒童文學學術研究的重鎮」，培養能獨立思考研究的人才。

——**那麼您對台灣未來兒童文學的發展之期許又是如何？**

在台灣本土的理論方面，我認爲作家作品的研究，台灣應該要推展，很需要有人來做，因爲這個工作很辛苦，也不容易，但是總歸是要在台灣兒童文學發展上跨出一步，這一步一定要踏出去，一定要做！無論是誰來做都是一件很累的研究，因爲需要時間和人力，兒童文學研究所可以來做這個工作，當然，最好能就近來做研究，也就是所謂地區的兒童文學，例如：在台東針對某一個具有一定風格的作家，就他的作品、背景等做深入的研究。這件事很重要，首先你需要鎖定一個對象，好比說林良，他願意把他有關的作品資料，能夠充分的供應給你們，再來也需要有理論基礎的素養，這樣才能來從事這個工作。而理論的涉略需要不斷去擴充，就如你要談科學童話，本身也要有一些科學的素養。日本現在正在流行心理學，用深層心理學來研究作品，就像弗洛依德的心理分析，讓研究的應用使用在兒童文學。所以說科學、文學、哲學通通都要懂，這是很浩大的工程，希望台灣在這方面有好的開始。

退而不休～創作生機永不滅

——校長您雖已退休，但學有專長，所謂「退而不休」，不知您未來的人生計畫爲何？

「退而不休」是理想，是自勉或互勉的話，但憑興趣和體力腳踏實地走一步算一步而已。過去工作繁重，想寫的題材一直擱置著，或許現在時間、體力允許，可以實現願望。像描繪正義、破除迷信的少年小說《偵探班出擊》近日就會由富春出版，另有不少題材也在蘊釀中，如著重山林、生態保護的巡山員的故事……，評論集《少年小說、童話》也已交富春打字中，預訂在台東師院論文發表前出版。而國內評論風氣逐漸建立，願在此方面繼續耕耘。國外有些權威性的理論著作，如李利安・史密斯的《歡欣歲月》，願根據日文版翻譯介紹。

＊　＊　＊　＊　＊

踏出小屋，颯颯寒風拂動髮梢，傅校長的故事仍縈繞耳際不絕，創作活力、生機不滅的神采仍如在眼前……。驚瞥停車處的小路旁，那朵來時仍含苞待放的小紅花，此刻已在寒風中綻放挺立、搖曳生姿了。是的，春天，真的已經來啦！心是滿滿的，那顆「兒童文學」的神奇種子，蒙傅校長的啟發，我怦然感覺到它正在胸口抽芽、萌發……。

附錄

一、兒童文學活動年表

一九五一年（十九歲）

•竹師畢業，任國小教師。

一九五六年（二十四歲）

•於《國語日報》上發表〈阿鳳橋〉、〈田園生活〉等散文。

一九五七年（二十五歲）

•於《國語日報》上發表〈母與子〉、〈母與女〉等少年小說。

一九六二年（三十歲）

•任國小教導主任。

一九六三年（三十一歲）

•與許義宗，徐正平共編《桃縣兒童》。

一九六四年（三十二歲）

•於「中央副刊」上發表〈母親的墓〉、〈天佑我父〉等散文。

一九六七年（三十五歲）

・任國小校長。

一九七一年（三十九歲）

・參加國校教師研習會「兒童讀物寫作研究班」、獲第六屆中國語文獎章。

一九七四年（四十二歲）

・膺選六十一年度保舉最優人員（從事國語文教育）。

一九七六年（四十四歲）

・教育部少年小說寫作競賽丙等獎。

一九七八年（四十六歲）

・於《國語日報》上發表〈韓國行〉、〈遊日雜記〉等遊記。

一九八〇年（四十八歲）

・《風雨同舟》獲洪建全兒童文學創作獎小說組佳作。

・赴宜蘭縣教師兒童文學研習營、講述「兒童詩的創作與欣賞」。

・獲新聞局圖書著作金鼎獎。

一九八四年（五十二歲）

・《中國語文月刊》發表語文教育系列論文。

・赴屏東慈恩兒童文學研習營，講述「兒童的冒險心理與少年小說的寫作」。

- 赴彰化縣教師兒童文學研習會講述「兒童詩的創作」。
- 當選中華民國兒童文學學會第一屆理事。

一九八五年（五十三歲）

- 赴宜蘭教師兒童文學研習會講述「怎樣指導兒童寫童話」。
- 赴台北市教師兒童文學
- 研習會講述「兒童文學的演進」。

一九八六年（五十四歲）

- 赴新竹縣教師兒童文學研習會講述「兒童詩的教學」。
- 赴台北市兒童文學研習會講述「少年小說創作」。
- 擔任統一公司全國兒童詩創作比賽評審。

一九八七年（五十五歲）

- 新生副刊發表〈鏡子〉〈相借問〉等散文。

一九八八年（五十六歲）

- 赴台南縣教師兒童文學研習會講述「少年心理和少年小說」。
- 新生副刊發表〈生死之際〉、〈八塊厝的蛻變〉等散文。
- 中華民國兒童文學會第二屆監事。

一九八九年（五十七歲）

• 擔任中華民國圖書出版金龍獎評審。

一九九〇年（五十八歲）

• 當選中華民國兒童文學學會第三屆常務理事。

• 《兒童日報》發表〈一個西瓜〉、〈土牛坡的鬼故事〉、〈趙伯伯的春聯〉等短篇少年小說。

• 擔任洪建全兒童文學創作獎童話組評審。

• 擔任台灣省第四屆兒童文學獎評審。

• 赴台中縣教師兒童文學營講述「童話的趣味及作品欣賞」。

一九九一年（五十九歲）

• 著手翻譯亞哲爾的《書・兒童・成人》，並陸續刊登「研習資訊」。

一九九二年（六十歲）

• 參加教育廳主辦「兒童文學學術研討會」發表論文〈少年小說現代趨向〉。

一九九三年（六十一歲）

• 參加台灣兒童文學學會主辦「兒童文學研討會」講述「兒童詩創作」。

• 應邀擔任台北市教師兒童文學研習會講座，講題「少年小說創作」。

一九九四年（六十二歲）

- 擔任教育廳第一屆師院生兒童文學創作獎評審。
- 擔任九歌文教基金會少年小說獎評審。
- 應邀擔任「中國海峽兩岸兒童文學研習會」講師，講題「少年小說分類」。

一九九九年（六十七歲）

- 任國立新竹師院兒童文學特約講師。

二、著作目錄（兒童書部分）

書名	出版者	出版年月
偉人的心	永安出版社	一九六八年
愛國的故事	永安出版社	一九六八年
世界歷史之光	永安出版社	一九六九年
世界英雄	永安出版社	一九七〇年
友情的光輝	永安出版社	一九七〇年

世界英雄	永安出版社	一九七〇年
發明與研究	永安出版社	一九七〇年
蘇俄、東歐民國故事	永安出版社	一九七四年
作文指導	永安出版社	一九七六年
海棠公園	永安出版社	一九七六年
兒童文學的認識與鑑賞	作文出版社	一九七九年
風雨同舟	作文出版社	一九七九年
秋風姊姊	成文出版社	一九七九年
印度、中東的傳說	作文出版社	一九八一年
童詩教室	作文出版社	一九八一年
台灣民俗節慶（和陳正男同著）	成文出版社	一九八一年
中國民間故事選集	黎明文化公司	一九八一年
小龍的勇氣	樹人出版社	一九八二年
世界寓言選集	樹人出版社	一九八二年
發明和發現	樹人出版社	一九八二年

世界奇觀	樹人出版社	一九八二年
小獵人	省教育廳	一九八三年
小雞的星星	黎明文化公司	一九八三年
三個少年的願意	黎明文化公司	一九八三年
奇異的紅寶石	黎明文化公司	一九八三年
小仙女的搖籃	黎明文化公司	一九八三年
海女的歌聲	黎明文化公司	一九八三年
魔鏡和牧羊女	黎明文化公司	一九八三年
小野鴨	黎明文化公司	一九八三年
太陽公公的孩子	黎明文化公司	一九八三年
笑蘋果哭蘋果	黎明文化公司	一九八三年
裝故事的葫蘆	黎明文化公司	一九八三年
法布爾與萊特兄弟	光復書局	一九八四年
鍬形蟲、獨角仙	光復書局	一九八五年
兒女英雄傳（改寫）	光復書局	一九八八年

小拇指	光復書局	一九八九年七月
飛船	光復書局	一九八九年七月
小雪女	光復書局	一九八九年七月
曾祖母的睡衣	光復書局	一九八九年七月
阿里巴巴和四十大盜	光復書局	一九八九年一月
雪女王	光復書局	一九八九年
木馬的故事	光復書局	一九八九年一月
兒童文學的思想與技巧	富春文化公司	一九九〇年
小錫兵	光復書局	一九九〇年
書・兒童・成人（翻譯）	富春文化公司	一九九二年三月
中東寓言	長鴻出版社	一九九二年四月
鶴舞	桃園文化中心	一九九三年
芒果樹的故事	水牛出版社	一九九三年十月
秋風姊姊	水牛出版社	一九九三年十月
幸運的夢	水牛出版社	一九九三年十月

風雨同舟	水牛出版社	一九九三年十月
大野狼和七隻小山羊；小紅蘿蔔姑娘（改寫）	光復書局	一九九四年七月
少年小說初探	富春文化公司	一九九四年九月
美麗的水鏡——從多方位深究童話的創作和改寫	桃園文化中心	一九九六年六月
偵探班出擊	富春文化公司	一九九九年一月
豐收的期待——少年小說・童話評論集	富春文化公司	一九九九年四月
歡欣歲月：李利安・H・史密斯的兒童觀（編譯）	富春文化公司	一九九九年十一月

三、報導與評論彙編

播種者　曾信雄　國語日報兒童文學周刊第十六期　一九七二年七月十六日　頁一

工作者資料表　中華民國兒童文學學會　中華民國台灣地區兒童文學工作者名錄　一九九二年十一月二十九日　頁四十九

兒童文學苗圃的園丁——專訪傅林統先生　林麗如　文訊月刊一八二期　民國八十九年十二月　頁一〇六～一〇九

最近國內兒童文學界缺少新的氣息，主要是沒有培養新人創作，發表的園地也嫌少，希望兒童文學界能夠結合民間社會人士的力量來提昇水準。

—— 趙天儀

☞左起：吳聲淼、趙天儀

趙天儀專訪

從美學看兒童詩——

地點：台中靜宜大學文學院院長室
日期：一九九八年（民國八十七年）八月二十七日
時間：早上十點～十一點半
訪問者：吳聲淼
執筆者：吳聲淼

趙天儀，筆名柳文哲，台中市人，一九三五年生。台中一中、台灣大學哲學系、哲學研究所畢業。曾任台大哲學系教授、系主任、國立編譯館編纂、台灣省兒童文學協會理事長。曾任靜宜大學中文系教授兼文學院院長、「笠」詩社發起人之一，曾主編《笠》、《台灣文藝》、《台灣春秋》、《滿天星》等刊物。著有童詩集《小麻雀的遊戲》（一九八四年）、《小香魚旅行記》等，兒童文學研究《如何寫好童詩》（一九八四年）、《大家來寫童詩》（一九八四年）、《兒童詩初探》（一九九二年）等。趙院長自少年時期即進入詩的世界，接受了詩的洗禮，於《笠》詩刊中率先推廣兒童詩，獨步全國；接任靜宜大學文學院院長以來，更全力推動兒童文學學術研究工作，如舉辦「兒童文學與兒童語言學術研討會」、「兒童文學國際研討會」，並倡導「兒童文學學程」的設立等，都是台灣兒童文學界的創舉。為了進一步了解及感受院長的前瞻性，我們特別進行了這次的訪問。

原預計要在八月初訪問趙院長，卻剛好碰到他出國，算好他回國的日子與他聯絡，怎奈他又馬不停蹄地趕到台南參加鹽份地帶文藝營上課去了，終於在八月二十六日連絡好院長，第二天早上九點到他辦公室「聊聊」。

萬里晴空，微風拂面，最難得的是行車順暢，開了一個半小時，竟然沒有塞車，真是個好天。到了靜宜，因為參加過幾次在此召開的兒童文學研討會，所以很快就找到院長辦公室了。「請進，請進。」院長一邊親切地招呼，一邊將桌上整理的資料移開，偌大的房間，不只三面牆上都是書，連桌上、地上也是滿滿的書，一陣陣書香沁人，覺得自己也沾染了些書卷氣，簡單做自我介紹之後，便開始訪問工作了。

*　*　*　*　*

——請問院長是從什麼時候開始接觸兒童文學的？

我在小學二年級時就會到圖書館看日文的《幼年俱樂部》、《少年俱樂部》等雜誌，覺得這些雜誌十分有趣，加上家裡以前是開唱片行的，耳濡目染之下，對童謠的印象也很深刻。而中文的啓蒙最重要的是《小朋友周刊》、《開明少年》，內容都是一些當年大陸作家的作品，也深深吸引著我。

——院長本身學的是哲學，請問您是在什麼情況下與詩結緣的？

說起來，我寫詩早於讀哲學，喜歡詩是初中時代就開始了。那時候我常流連在台中一中圖書館、省立台中圖書館、台糖圖書館，而台中市的新書店、舊書店，凡是有詩集，大概我都會買。連英詩的選集、日本人留下來的現代詩選，讓我碰到我都會想辦法籌錢去買。所以眞正想讀詩、寫詩是在初中的時候。初二時，我的導師兼國文老師是楊錦銓先生，第一學期，他教的是白話文，以五四以來的散文爲主，一方面指定閱讀課外讀物，並撰寫閱讀報告；另一方面注重修辭和欣賞，鼓勵我們作文。第二學期上的是文言文，以明清小品文爲主，一方面讓我們自由選讀課外讀物，另一方面也繼續鼓勵我們練習作文，所以在初二這一年間，大量的閱讀中文及西洋文學的經典作品，其中大陸的《開明少年》、《中華少年》等刊物裡的「童話詩」也對我有一些的影響。

初三第一學期，楊錦銓老師鼓勵我們班上出版校園的週刊報，叫做《初三上甲組報》，有新聞、社論及文學性副刊，班長陳正澄是發行人，總編輯和社論主筆是李敖，刻鋼板是黃茂雄和我，我編副刊有時剩一塊空白，我就填上一首自己的新詩。記得那時候，我也開始練習以散文寫作，我在《中央日報》發表了〈小弟弟〉和〈蚊子〉，在《公論報》發表了〈拾穗〉，在《國語日報》發表了〈談書法〉、〈讀《續愛的教育》〉等等。這些散文的發表，不僅激起了我寫作的慾望，更激勵了我繼續廣泛閱讀的興趣。

到了高中，最令我難忘的是倪策先生。如果說楊錦銓老師奠定了我的國文基礎，那麼，倪策老師則是啓發我從文學走上哲學的老師了。有一次上國文課時，他批評我像一個浪漫詩人，整天風花雪月，但那只可能是曇花一現而已。那我去請教他，我該怎麼辦？他建議我多接觸一些哲學的書，胡適、錢穆、朱光潛等大師的著作，便開始在我的身邊出現。同時，在高中的時候，因緣際會，我在省立圖書館認識了我的學長林清臣，他正沈醉於錢穆、唐君毅、徐復觀、牟宗三諸位先生的有關中國哲學及新儒家的著作，而我這一半文學、一半哲學的愛好者，便跟他成了莫逆之交。由於倪策老師的啓發和鼓勵，以及林淸臣的勉勵和期待，後來我竟眞的進了台大哲學系攻讀哲學。

我在高中時期，升學的壓力很大，但我不務正業，不斷閱讀課外讀物，再加上當時也開始有了一種憂鬱情愫，自然而然偸偸地寫起一些新詩來。從高中到大學畢業前後，我的詩作，大部份發表在《藍星詩刊》、《海洋詩刊》、《台大青年》以及香港的《大學生活》。這時期的作品剪貼，曾經被詩人林郊和米丁借去，可惜後來遺失了，我曾經抄回了一部分，於民國五十一年十二月用一個月當助教的薪水，出版了第一部詩集《果園的造訪》。這本集子，現在看起來，有初戀般的純情，以及童話般的想像和氣氛，代表我少年時代的情愫和青年時代的憧憬與夢想。

——您在什麽狀況下和同好們一起創辦了「笠」詩社？其成立的宗旨爲何？《笠》詩刊中是否有推廣介紹過兒童詩？

戰後的台灣社會有很大的變化。政治上的因素，如二二八事件，直接影響到文學的滋長；再加上當時的經濟非常蕭條，從來沒有人想要辦詩刊。一直要到民國五十多年，距離戰爭已二十年，日據時代留下來的詩人作家，所面臨的政治風暴和語言的變化漸漸過去，鬱悶的心情在這時達到最高點。而當時坊間發表的文章大多是「中國文學」，大陸來台的作家寫的文章，因爲跟我們的經驗不一樣，也再度刺激了本土文人。吳瀛濤先生常和一些愛寫詩的人聚在一起，而有了《十人詩集》的出版計畫，其中桓夫、白萩和我均被提及。可惜《十人詩集》並未完成。民國五十三年，吳濁流先生創辦了《台灣文藝》，總算有了台灣本土的刊物，內容以小說爲主；同年六月，桓夫、林亨泰、詹冰、錦連、白萩、黃荷生、杜國清和我等聯絡了十二位詩人，在卓蘭詹冰家創立了「笠」詩社，《笠》是台灣第一本固定時間出版的詩刊。

至於《笠》詩刊是否與兒童詩有關，我的答案是肯定的，因爲「笠」詩社的前輩多多少少都會寫一些淺語且富含童話趣味的詩，當時陳千武先生曾擬定兒童詩的比賽辦法，但我覺得那時候兒童寫詩還沒形成風氣，所以未加以辦理。在民國六十年左右，黃基博先生將學生所寫的詩投稿給《笠》，開闢了「兒童詩園」專欄；不久又開闢版面，讓大家來討論兒童詩，都引起熱烈的回響。民國六十五年二月及四月，《笠》詩刊第七十一、七十二期，連續推出了「兒童詩的創作問題專輯」，對當時正在發展中的兒童詩提出了適時的批評和檢討；另外陳千武先生在台中市文化中心主任任內，也學辦了兒童詩畫的比賽等活動，由此可見《笠》詩刊對於兒童詩的教育是十分投入的。

您在國立編譯館服務期間，在兒童詩的創作和理論探討上都有可觀的成績，可否對當時的情形做個介紹？

在國立編譯館人文社會組服務時，接受漢聲語文中心黃勁連先生的邀請，編寫作文及童詩講義，並於週日、暑假教授兒童作文及童詩。民國七十四年出版了童詩集《小麻雀的遊戲》，兒童文學研究《如何寫好童詩》、《大家來寫童詩》、《兒童詩初探》等，另外在板橋研習會辦的研習營所出版的《兒童文學創作》專輯中，也有許多我指導的作品。這段日子可以說是我著力於兒童詩最多的時間。

您成立「兒童文學專業研究室」的經過及理念目標爲何？

七年前，我應靜宜大學中文系前主任鄭邦鎮教授的邀請，前來任教，其中有一個條件，就是希望我能開有關「兒童文學」的課程，雖然我沒有選過這門課，也不曾教過這門課，但我大膽地接受了，我全力以赴，只想把兒童文學這個領域開拓充實起來。那時候，許洪坤院長召集文學院各系所主任，和兒童文學比較相關的老師一起開會，成立了「兒童文學專業研究室」，而且通過推選，通過由我擔任第一任「兒童文學專業研究室」主任，並決定舉辦一系列的兒童文學演講、座談會，還辦了兩屆的「兒童文學與兒童語言」的學術研討會，今年五月底更舉辦了第一屆「兒童文學國際會議」，並且出版了論文集。至於「兒童文學專業研究室」的目標，是將兒童文學與兒童語言結合，將國內的兒童文學推向更專業化、更國際化的領域。

——靜宜大學首創「兒童文學學程」，詳細的作法和目標如何？

靜宜大學文學院一向重視兒童文學與兒童語言的教學與研究，這也是本校教學特色的重點之一。校長要求各學院成立跨學系、跨學院的學程，修滿十五學分即有證書。而兒童文學學程是校長屬意開設的，將於八十七學年度開始實施。

兒童文學學程的作法是：凡修滿兒童文學相關課程十五學分者，校方給予學程證書，證明他受過兒童文學專業的修習訓練。這對於文學院畢業就業或從事教職時，可列入參考經歷之用。

——請院長說說您對台灣兒童文學界的期許。

兒童文學的研究要深入去學，要看得多，才能眞有所得，也才不會失之偏頗。參加團體活動、辦刊物要有始有終，要有所交代，要永續經營。其次也要有世界觀，因爲兒童文學不是中國文學的旁支，也就是要有本土意識，也要放眼天下。另外最近國內兒童文學界缺少新的氣息，主要是沒有培養新人創作，發表的園地也嫌少，希望兒童文學界能夠結合民間社會人士的力量來提升水準，這是一個可以努力的方向。

——東師成立「兒童文學研究所」，您的看法及對研究所的建議爲何？

東師成立全國第一個「兒童文學研究所」，我們非常樂觀其成。我們希望這個研究所，有遠大的目標，有充實的設備，有現代化的課程設計，更有堅強的師資內容，是一個眞正的台灣兒童文學研究所，不僅要有世界性的眼光與視野，更要有本土性的紮根與開拓。不論是在創作、翻譯、評論及研究上，都要建立有台灣兒童文學的特色，這樣才會有光明的遠景，也唯有這樣，才會令我們有更遠大的期許，且讓我們拭目以待。

＊　＊　＊　＊　＊

最後，趙院長提到無論是兩岸或者是國際性的學術交流，都有其正面的意義，但交流必須建立在平等的基礎上，因為我們也有我們的優點，我們要有自信才好。一九九九年，國內八大兒童文學團體要在台北共同舉辦「亞洲兒童文學會議」，這正是我們表現自己實力的最佳時機，希望政府能主動的支持配合，以定事功，讓國際社會肯定我們在兒童文學的研究上所做的努力。

像這樣一位時時在注意、刻刻在關心兒童文學現況、脈動及未來走向的指導者，他的風範與前瞻，將會獲得我們從事兒童文學的人永遠尊敬和遵循的好榜樣。

參考資料

兒童詩的創作與教學　趙天儀策劃　金文圖書公司　七十三年六月
小麻雀的遊戲　趙天儀著　欣大出版社　七十三年十月
如何寫好童詩　趙天儀著　欣大出版社　七十四年七月
大家來寫童詩　趙天儀著　欣大出版社　七十四年七月
兒童詩初探　趙天儀著　富春文化事業股份有限公司　八十一年十月

附錄

一、兒童文學活動年表

一九三五年九月十日

• 生於台中市。

一九六四年三日

• 與詹冰、吳瀛濤、桓夫、林亨泰、錦連、白萩、杜國清等發起成立「笠」詩社。

一九七四年

• 台大哲學系事件。

一九七年六月

• 進入國立編譯館當編纂。

一九七七年五月

• 《小毛虫》，笠詩社出版。

一九九三年

- 任靜宜大學中文系教授。
- 兒童文學專業研究室主任、文學院院長。
- 台灣省兒童文學協會第三、四屆理事長。

一九九七年十一月

- 學辦第二屆兒童文學與兒童語言的學術研討會。

一九九八年五月

- 學辦第一屆兒童文學國際會議。

二、著作目錄（兒童書部分）

書名	出版者	出版年月
變色鳥	信誼基金會	一九七八年
時鐘之歌	牧童出版社	一九七九年一月
漢聲童詩百首	漢聲語文中心	一九八三年六月

小麻雀的遊戲（童詩集）	欣大出版社	一九八四年
兒童詩的創作與教學	金文圖書公司	一九八四年六月
如何寫好童詩（編著）	欣大出版社	一九八五年七月
大家來寫童詩（編著）	欣大出版社	一九八五年七月
快樂小作家	正中書局	一九九二年
兒童詩初探	富春文化公司	一九九二年十月
我喜歡的童詩	欣大出版社	一九九二年十一月
童詩萬花筒（編著）	民聖文化公司	一九九五年六月
兒童文學與美感教育	富春文化公司	一九九八年十二月

三、報導與評論彙編

㈠報導部分

我的爸爸趙天儀　趙育靖　笠詩刊一三九期　民國七十六年六月　頁八十二～八十三

趙天儀擔任靜宜大學文學院院長　高惠琳　文訊一一九期　民國八十四年　頁六十五

趙天儀永遠和子女站在一起　湯芝萱　中央月刊文訊別冊　四卷一四四期　民國八十六年十月　頁六十三～六十四

趙天儀——憂心兒童無法親近文學　楊錦郁　聯合報三十七版　民國八十八年五月十二日

只要有一滴露珠，我就微笑——童心未泯的小草詩人：趙天儀　何鳳娥　台灣文藝（新生版）一六八～一六九　民國八十八年六月　頁四十三～四十八

(二)評論部分

小麻雀的遊戲：表現動物生態的詩　趙天儀　快樂兒童詩刊七期　民國七十二年二月二十日

趙天儀著：小麻雀的遊戲　林鍾隆　中華日報九版　民國七十三年十一月十二日

童詩的欣賞與批評　林明美　笠詩刊　民國七十三年十二月十五日　頁七十八～八十一

詩國之王不轄民：我讀《小麻雀的遊戲》　旅人　文學界二十八期　民國七十七年　頁二二三～二三一

期待一份嚴謹的兒童詩書目——簡評趙天儀〈兒童詩書目初編〉　黃英　當代文學史料研究叢刊三期　民國七十七年十月　頁二四九~二五五

在未來，兒童的創作可能會愈來愈受到讀者群的重視和青睞。因而兒童的兒童文學小作家輩出，如雨後春筍，到處新意盎然，嫩綠鮮美……

——黃基博

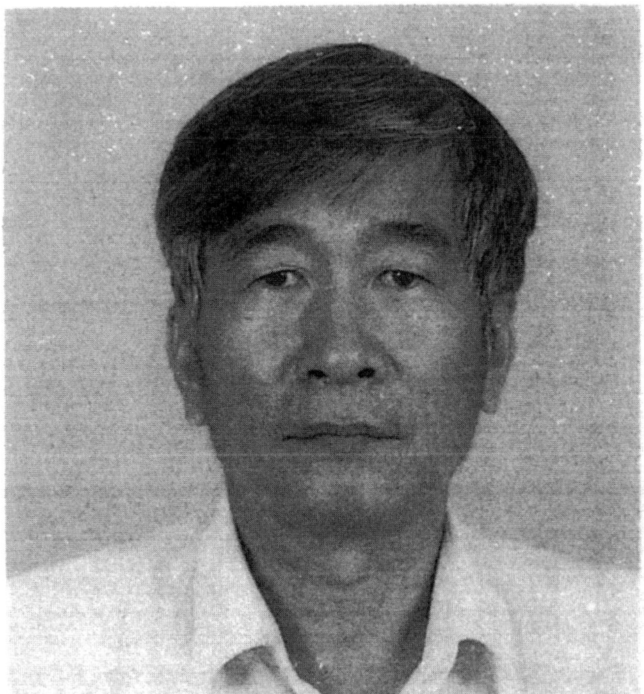

☞黃基博

兒童詩教學的拓荒者——

黃基博專訪

訪問者：蘇愛琳
執筆者：蘇愛琳

他是一個辛勤的園丁，在兒童文學這塊園地默默耕耘了四十多年。

黃基博老師自屏東師範普通科畢業之時，台灣兒童文學正充斥著翻譯的外國童話。黃老師認為只有創作，才能貼近台灣兒童的生活，美化他們的心靈，於是他以「做兒童心靈的工程師」自許，開始了他的童話創作。一九五四年（民國四十三年）他在《國語日報》發表了第一篇童話作品〈可憐的小鳥〉，之後便寫作不輟，在一九六七年（民國五十六年）四月四日出版了他的第一本兒童文學作品《黃基博童話》。

大陸童話作家洪汛濤先生在《台灣兒童文學》一書中提到黃基博老師的作品很有孩子氣，在孩子中間通得過，受到孩子的喜愛。而黃基博老師的童話有個很大的特點：

大都是寫孩子的心靈。如果童話要分門別類，黃基博老師的童話似可稱之「心理童話」。

除了童話，黃基博老師也寫童詩、散文、劇本和生活故事，他的作品曾獲無數的兒童文學獎。除了創作之外，黃基博老師也致力於教學研究，指導兒童文學創作，教孩子寫詩。

集榮耀於一身的黃基博老師，曾任教於屏東縣仙吉國小現已退休。他為仙吉國小校歌譜曲，創作了「仙吉兒童進行曲」、「早會歌」、「畢業歌」等動人的曲子；也成立文藝教室，指導「木瓜兒童劇團」的演出。由於他在兒童文學上的卓越成就，使仙吉國小成為南台灣兒童文學的搖籃。而他指導學生創作的詩作，也被選入國小課本當作範文，這是他最感光榮的事。

黃基博老師將一生的精華歲月奉獻給孩子，他不但是兒童文學的拓荒者，更是第一位推動兒童寫詩的人。他就像個小太陽，散發出溫暖的光芒，使孩子的心靈在他的庇護之下，得以茁壯成長。

* * * * *

——在兒童文學這塊園地，老師已耕耘了四十多年，能否談談您創作的心路歷程？

從事國教工作第二年起，我愛上了兒童文學。因爲純眞可愛的小朋友常圍繞著我，要我講故事給他們聽。講些什麼？古老的，人云亦云的故事，他們會喜歡嗎？爲什麼不給他們新鮮的故事呢？於是爲了滿足他們的需求和快樂，我開始了我的寫作生涯——創作童話。早期的作品多在《幼苗》月刊、《國語日報》、《小學生》半月刊及《正聲兒童》月刊發表。作品累積多了，便於一九六七年（民國五十六年）四月四日出版了第一本我的兒童文學作品《黃基博童話》。我把書寄給兩位作家指正，獲得了佳評。林鍾隆先生說：「黃基博的童話，有一種幽林淸泉似的柔和，優美的韻調。他將生活變成了童話，童話變成了生活。」林桐先生說：「黃基博的童話像詩一樣美，情意豐富。」

除了童話，我也寫些生活故事和童詩。兒童文學作家馮輝岳先生對我寫的童詩，作了如下的評語：「黃基博是最善於準確地捕捉童心的作者。他的詩很可取的一點是注重情意美。」

之後我又陸續出版了好幾本兒童文學創作集。童詩方面有《媽媽的心》、《看不見的樹》、《時光倒流》、《黃基博童年史》；童話方面則有《玉梅的心》、《兩顆紅心》。這些書中，《媽媽的心》榮獲第一屆「洪建全兒童文學創作獎」詩歌類第一名。《兩顆紅心》獲「行政院新聞局六十九年度兒童圖書類金鼎獎」。

最近幾年來，我對兒童劇如癡如狂。自編、自導和自彈。在每年的全縣兒童劇展中，深獲上級的佳評。我們已經演了十部戲，並且製成了錄影帶。我寫的劇本中，《林秀珍的心》榮獲「高雄市文藝獎戲劇類」首獎；《花和蝴蝶》和《大樹的故事》分獲「省教育廳學辦的兒童劇本創作」第二名及優等獎；《森林裡的故事》、《花神》得到「屏東縣兒童劇本創作」第一名；《公德心放假》得到「高雄市兒童文學創作柔蘭獎」劇本第一名。能夠獲得這些殊榮，感到非常欣慰。無形中的鼓勵，使我更想繼續寫出更多更好的劇本，寓教於戲，來美化兒童的心靈，也充實我的人生。

我們知道黃老師的作品很多，有童詩、童話、劇本等，也得了很多獎，同時您也寫書來指導孩子寫作，對您而言，創作與教學兩者之間的關係爲何？

我喜歡教學，在教學中會使我獲得許多創作的靈感。學生純美的一顰一笑，像詩般燦爛，一言一行閃爍著智慧的光芒，常常激起我寫作童話的興趣。上了作文課，或批改了學生的作文後，常會使我發現新的寫作技巧和方法。我的每一本指導兒童作文的書，都是經驗的累積所完成的。教自然科的老師請假，我去代課，每上完一個單元，總覺得可以把課文的內容變成童話故事。教完了國語課文的短劇或故事，我的腦中就會浮出另外一個故事，我就有創作劇本的欲望。詩歌、音樂和美勞科的教學，每每使我感覺心中有好幾首童詩在醞釀，發酵，將變成詩的芳香。

可以說：教學是我創作的泉源。

——黃老師曾獲第一屆「洪建全兒童文學創作獎」詩歌組第一名，對早期童詩的創作有很大的貢獻，是怎樣的因緣使您走入童詩創作的天地呢？

我愛詩，總覺得我們的現實生活裡，沒有詩和沒有音樂、圖畫、小說一樣的無味。詩像一個美麗多情的少女，在向我凝眸微笑，我爲之心神蕩漾，快樂迷醉。詩是一種很美很美的文學作品，也像美術和音樂一樣，能陶冶我們的心靈，使我們的心靈變得優美。

有些從事兒童讀物寫作的大人，很喜歡寫兒童詩。在美國、英國和日本，就有很多成名的老作家在寫兒童詩，造福可愛的小讀者們。

大人寫兒童詩的目的，除了供兒童欣賞之外，最重要的，不外是一種示範作用。不但要讓小朋友在讀了之後，作爲模仿、學習的參考，而且更要讓小朋友產生一種創作的欲望，希望他們也能寫出美麗、動人的詩來。

我想，只要具有一顆未泯的童心，熱愛兒童詩的大人，都能寫得很好的。我讀過王蓉子、楊喚、林鍾隆、曾妙容、馮俊明、林桐、林煥彰、林武憲、黃雙春、趙天儀、王萬清、孟谷、沙靈……等大人們的「兒童詩」及「童話詩」。每首都是詩情馥郁、想像奇美的作品，令人無限讚賞、百讀不厭。

我實際指導過小朋友寫過很多詩，但是自己的作品並不多。我一方面覺得教學上有寫給孩子們參考的必要，一方面受到那幾位熱情可感的「兒童詩」大人作者的影響，也嘗試寫寫「兒童詩」。寫「兒童詩」變成了我從事兒童文學工作的重要一環了。

——您是從什麽時候開始兒童詩的教學呢？

我覺得詩是很美的東西，它能陶冶美化兒童的心靈；又發現詩畫相通的道理，於是在指導兒童寫作上，有了新的構想。於民國五十八學年度起，開始指導兒童寫詩，對兒童施予一種高尚的情操教育。我先後出版了三本專著：《怎樣指導兒童詩》、《詩的誕生》和《含苞的詩蕾》，在兒童詩的教學上盡了棉薄之力。

——身處南部，與北部的兒童文學活動可能有距離上的隔閡，不知這對黃老師的創作與教學有何利弊？

北部許多兒童文學活動，我連一次都沒參加過，我是不喜歡拋頭露面的人。有關新的資訊，也少見聞，我變成了井中之蛙。

大陸許多文學獎應徵的消息，也無法得知，未能參加角逐，失去許多磨練的機會。看到北部好多位文友在大陸得了獎，自己就感到癢癢的，產生莫須有的愁苦：爲什麼不快點爭取一、二個獎呢？

但是我又想：不要與人爭吧！別人是月華，你就當螢火蟲吧！有獎無獎又何妨？不要爲了「獎」而寫作，應該爲「寫作」而寫作啊！繼續耕耘你自己的園地吧！終會有人記得：你曾努力過。

在年輕時，我很在乎「獎」，我總覺得不會得過獎的人，作品常會被別人「欺負」。投稿，編輯先生不知有沒有看，就立刻把它退還給你。好氣憤喔！

——黃老師爲了革除傳統作文教學的積弊而創設了「圖解作文教學法」，能否再談談這個教學法的生成背景和特點？還有，在引導教學的過程中，您覺得最困難的是

什麼？

在三十多年以前，小學老師很普遍的現象，都視作文教學爲畏途。

那時代，國小畢業生要念初中，必須參加入學考試。國語科加考作文，分數比例高，負責升學班級的老師，常選用坊間出版的作文參考書做爲教材，叫學生背誦書裡的範文，變成教學的一種捷徑，許多學生的想像力就遭到扼殺。

平時，很多老師在上作文課時，因爲不得要領，出個題目後，便規定學生第一段、第二段和最後一段要寫些什麼內容，因此學生們的文章，結構都是千篇一律的三段式，內容大同小異、乏善可陳。

我感到作文教學的重要性，於是不斷的研究、實驗，立志打破傳統，革新那種老舊的作文教學方法。好幾年的作文教學經驗累積，終於創制了「圖解作文教學法」。

賴慶雄先生在《圖解作文教學法》這本書的〈序〉中提到：

因爲在傳統作文的框架裡，學生和老師的關係，常常是嚴肅的、緊張的、呆板的。老師的指令，往往成爲學生習作的唯一航道。在這樣缺乏彈性的空間裡，學生的個性發展、聯想能力，也必然無法受到妥善的照顧，習作也就乏善可陳了。而實施「圖解作文教學法」，由於文章的立意、定體、選材、佈局、開頭、結尾，都是透過共同討論及依據個人生活經驗決定的，師生之間的互動關係，又是那樣的熱烈密切，學生筆下自然變化無窮、趣味橫生了。

在教學過程中，可以發現學生感到最困難的，是不知什麼是「中心思想」和如何來定「中心思想」。不過我就會用淺顯的比喻讓學生去體會「中心思想」是什麼；我也會舉出幾種不同的中心思想，讓學生去選擇寫作；接著我就讓學生發表自己選定的中心思想（主旨）。這個過程是學生感覺最困難的，但是我覺得它也是最重要的，因爲教學的成敗關鍵就在這裡。每個學生所定的中心思想不同，寫出的內容就有不同的味道、不同的表現了，學生在發表上遇到困難時，教師可以舉例來引導，提供學生參考，啓發他們應用。

——黃老師寫了許多的兒童劇本，哪一部是你最喜歡的？爲什麼？此外，是怎樣的靈感使您寫出像《林秀珍的心》這樣有意思的作品？

我寫過了十多本劇本，最喜歡的是最近寫的一本《大樹的故事》歌舞劇。它是一齣得過獎的劇本。

學校爲了演出，我必須自己作曲。我彈給學生聽，他們說好聽。音樂家劉美蓮教授也說：曲子新穎不落俗。據我所知，許多小朋友也都喜歡《大樹的故事》。

《林秀珍的心》的主角秀珍，是一個四年級可愛女生的化名。她常在我上課時，望向窗外的景物，不知在幻想什麼？她是個優等生，我不忍心責怪她。也許我所講的教學內容，她都已知道了吧？我何必强迫她認眞聽講呢？我是個不懂情趣的老師嗎？不過我必須改正她上課時心不在焉的習慣才好。

我便寫了一篇童話〈玉梅的心〉給她看。她覺得新奇而好玩，微笑地問我：「老師，您是不是在寫我呢？」

後來縣政府指定本校推展兒童戲劇。校長派我寫劇本，於是我就把〈玉梅的心〉改編成了《林秀珍的心》。

第一次寫劇本就得了第十屆「高雄市文藝獎戲劇類」首獎，獎金有新台幣貳拾萬圓整。使我對創作劇本的信心和興趣大增，陸續寫了十多本，有五、六本也得了其他獎。

——Bruno Bettelheim認爲，從古至今，養育孩子最重要而且最困難的是——如何去

幫助小孩尋找生命的意義，而童話是幫助父母完成這項工作最重要的文化教材。創作童話不遺餘力的您，認爲童話最大的功能是什麽？

我曾經把「童話」比喻成一個純眞、善艮、美麗的「小女孩」。她是喜歡「美術姊姊」和喜歡「塑像哥哥」的妹妹；他是富有甜美的「感情媽媽」和富於神奇的「幻想爸爸」的女兒；她是品格高尙的「道德祖父」和具有修養的「文學祖母」的孫女；她是愛說故事的「故事外祖母」和愛講笑話的「趣味外祖父」的外孫女。

我認爲童話最大的功能就是道德的。孩子們讀了一篇或一本童話，將受到美妙的情境和故事主人翁高貴品格的陶冶，變成好孩子。

童話也是幻想的、趣味的。孩子們讀了以後，變得很愉快、很聰明，想像力更强，受到童話優美詞句的影響，寫作能力也增進了。

童話還有一種功能，它的主題影射人生的意義。將使孩子懂得過進取、奮鬥的人生。

——請黃老師談談您指導兒童寫作及編印校刊的情形。

四十幾年來，不管在課餘或假日，我常鼓勵本校愛好寫作的小朋友們閱讀課外書，練習寫作和投稿。因此，小朋友們的作品，常在報章、雜誌發表。我總是不厭其煩地把那些登出來的作品，一篇篇地剪貼成冊，題名爲《仙吉兒童投稿刊登作品集》。目前已經有二十多冊，作品共有三千多篇，存放在本校「兒童文藝資料室」裡。

本校有好多位小作家、小詩人，他們曾參加全縣性、全國性的兒童作文或寫詩比賽，得過很優秀的成績。爲學校爭取了很多的光榮。更值得一提的是本校學生的《兒童詩畫》，由將軍出版社出版，榮獲行政院「新聞局六十六年度兒童讀物金鼎獎」。我常想：教育的樂趣莫過於看到自己的學生有所成就了。

「仙吉兒童作文眞棒！」「仙吉地靈人傑，小作家、小詩人層出不窮。」我常聽到外校老師對本校小朋友的讚美詞，內心就有一種說不出的欣慰。本校於民國五十四年九月一日起，被縣政府指定爲全縣作文教學的示範國小；民國五十六年九月一日起，又被省政府教育廳指定爲低年級提早寫作的示範國小；每年，師院學生都組團到學校參觀「作文教學」、「童詩教學」及聆聽「兒童文學專題報告」。這些事跡，在我們的校史上，都是光輝燦爛的一頁。

在我的教學生活當中，對作文及兒童詩教學特別努力，也略有心得。創新的「圖解作文教學法」，受到屏東縣政府教育局督學先生們的重視，指定本校把它的內容製成幻燈片，在民國五十七學年度台灣區國民教育輔導工作檢討會中，擔任成果報告，結果得了第一名，榮獲省教育廳的獎勵。它的創意，也深獲中國語文學會的激賞，頒贈第四屆中國語文獎章給我。我又寫了好幾本有關指導兒童寫作的書：《兒童寫作技巧百招》、《低年級作文指導》、《我教你修辭》等。

我又負起主編校刊的任務。我們的校刊是民國四十八年十月創刊。常常為了選稿、批改、插圖、編輯、付印、校正、出版的事，不知花了多少血汗，但忙中有樂，把辛苦全忘了。現在校刊已經出版了好幾本兒童的文學創作集：《開心果》、《猜猜我是誰》、《圖象詩》、《童話日記》、《童話信》、《兒歌大家唱》、和《花和草》等。每想到這樣豐碩的收穫，就令我無限的歡喜。

——請問黃老師對未來兒童文學的發展有何期許？

未來的兒童文學走向，可能發展成科幻的兒童文學。書刊讀物漸漸被淘汰，作品都在網路上見。

而大家過於忙碌，也許無閒暇作閱讀的工作，所以迷你型的各類作品會紛紛出籠。

兒童文學的範圍很廣，新新人類只會一味的寫童話、兒歌、童詩和小說嗎？我想其他的文體也會寫得津津有味。尤其是兒童的創作，可能會受到廣大讀者羣的重視和青睞。因而兒童的兒童文學小作家輩出，如雨後春筍，到處新意盎然，嫩綠鮮美。

——這些是我的想法，也是期許。

——最後想請問老師，台東師院成立了全國第一所「兒童文學研究所」，不知道您對這所研究所，有什麼建議？

要成爲兒童文學研究所的學生，談何容易？老一輩的人總有生不逢時的感嘆。要跟年輕輩的你們拚，考上研究所是比登天還難的事。

我有一個構想：招取一班「非學歷研究生」，讓有志一同的老學生齊聚一堂學習，學成只發給結業證書即可，不必授予學位。讓熱愛兒童文學的老兵們，圖個奢侈的美夢。

＊　＊　＊　＊　＊

從一開始打電話給黃基博老師，希望能訪問他，到想問題大綱、完成報告的整個過程，黃老師給我的感覺就是很「真」，非常熱誠、親切，提供我許多資料，送我書以供參考；此報告得以順利完成，實在非常感謝黃老師的諸多幫忙。雖然報告已經完成，但展現的只是黃老師在兒童文學這片園地所耕耘的一部分而已，他為兒童文學所付出的心力並不是這篇小小的報告所能道盡的。在此也祝福黃老師在教學和創作上一切順心如意。

參考資料

為兒童織夢的人，兒童詩的拓荒者——黃基博　莊秀美　國語日報六版　一九九一年十月十二日

他默默地奉獻著——兒童文學作家黃基博　千葉　國語日報兒童文學版　一九九三年八月一日

圖解作文教學法　黃基博　國語日報　一九九五年五月

台灣兒童文學裡的清泉——黃基博老師　楊美秋　一九九五年五月三十日

大樹的故事。仙吉國小，生日快樂！　陳惠萍　屏東縣：屏東縣仙吉國小　一九九六年

附錄

一、兒童文學活動年表

一九六九年

•《圖解作文教學法》榮獲省教育廳頒發教材教法優良獎及中國語文學會頒贈第四屆中國語文獎章。

一九七五年

•《媽媽的心》榮獲第一屆洪建全兒童文學創作詩歌類第一名。

一九九〇年

•《兩顆紅心》獲行政院新聞局六十九年度兒童圖書類金鼎獎。

一九八七年

•《森林裡的故事》榮獲台灣省優良兒童舞台劇劇本創作獎佳作。

一九八七年

•《林秀珍的心》（歌舞劇）榮獲省教育廳兒童劇本創作優等獎，及高雄市第十屆文藝獎戲劇類首獎。

一九八九年

•《公德心放假》（歌舞劇）獲第八屆兒童文學創作柔蘭獎劇本創作首獎。

一九九四年

•《低年級作文指導（上下）》榮獲台灣省獎勵教育人員研究著作國小組甲等獎。

一九九五年

•《含苞的詩蕾（上下）》榮獲台灣省獎勵教育人員研究著作國小組優等獎。

一九九六年

•《大樹的故事》（歌舞劇）榮獲台灣省八十六年度優良兒童舞台劇劇本創作獎佳作。

一九九六年

•《跟童話交朋友（上下）》榮獲台灣獎勵教育人員研究著作國小組優等獎。

二、著作目錄（兒童書部分）

書名	出版者	出版年月
孩子們與我（與柯文仁先生合著）	造型美術研究所出版	一九五九年
永遠的回憶	幼苗月刊社	一九六二年
別	幼苗月刊社	一九六三年
回憶之窗	仙吉國小	一九六四年
作文的樹（十五冊，五十三年到六十一年之間出版）	仙吉國小	一九六四年
我教你作文	幼苗月刊社	一九六六年
黃基博童話	幼苗月刊社	一九六七年
玉梅的心	國語日報	一九六八年
圖解作文教學法	太陽城出版社	一九六九年
兒童提早寫作方法	太陽城出版社	一九七二年
怎樣指導兒童寫詩	太陽城出版社	一九七二年
媽媽的心	書評書目	一九七五年
兒童詩畫選（下）	將軍出版社	一九七五年十月

我教你修辭	太陽城出版社	一九七六年
看不見的樹（童詩集）	太陽城出版社	一九七六年
童話世界	將軍出版社	一九七七年
仙吉兒童（八冊）（民國六十六年到六十九年之間出版）	仙吉國小	一九七七年
兩顆紅心（童話集）	成文出版社	一九七九年
黃基博童年詩	太陽城出版社	一九八一年
時光倒流（童詩集）	太陽城出版社	一九八三年
圖象詩	太陽城出版社	一九八四年
小黃鶯	水牛出版社	一九八四年
仙吉兒童文學（六冊）（民國七十三年到七十五年間出版）	仙吉國小	一九八四年
仙吉國小特色	仙吉國小	一九八五年
猜猜我是誰	仙吉國小	一九八五年
童話日記	仙吉國小	一九八五年

童話信	仙吉國小	一九八六年
森林裡的故事（歌舞劇，曾次朗先生作曲）	仙吉國小	一九八七年
林秀珍的心（歌舞劇）	台灣書店	一九八七年
詩的誕生	仙吉國小	一九八七年
兒歌大家唱	仙吉國小	一九八七年
開心果	仙吉國小	一九八七年
花神（歌舞劇）	省教育廳	一九八八年
公德心放假	葦軒出版社	一九八八年
兩朵雲	仙吉國小	一九八八年
小黃鶯（歌舞劇，林道生先生作曲）	仙吉國小	一九八九年
公德心放假（歌舞劇，曾次朗先生作曲）	仙吉國小	一九八九年
大肚魚的故事（歌舞劇，曾次朗先生作曲）	仙吉國小	一九九〇年
花和草	仙吉國小	一九九〇年
詩寶寶誕生了（歌舞劇，作者作曲）	葦軒出版社	一九九一年
小學作文教學劇本㈠	葦軒出版社	一九九一年

不褪色的母愛	仙吉國小	一九九一年
書香滿校園	仙吉國小	一九九一年
紅色的新年	仙吉國小	一九九一年
兩個我	仙吉國小	一九九一年
小熊逃學記	葦軒出版社	一九九二年
小記者訪問記	仙吉國小	一九九二年
綠野遊蹤	仙吉國小出版	一九九二年
兒童劇本創作集	屏東縣立文化中心	一九九三年
森林裡的風波	葦軒出版社	一九九三年
我愛謎語	仙吉國小	一九九三年
紅紅姑娘	水牛出版社	一九九三年
低年級作文指導（上下）	國語日報	一九九四年
兒童寫作技巧百招（上下）	國語日報	一九九四年
蝴蝶和花兒	高雄縣立文化中心	一九九四年
童年生活如戲	仙吉國小	一九九四年

仙吉兒童詩畫集	仙吉國小	一九九四年
一個祕密的地方（低年級歌舞劇）	葦軒出版社	一九九五年
含苞的詩蕾（上下）	國語日報	一九九五年
童戲鑼聲響不停	仙吉國小	一九九五年
仙鄉吉土花開	仙吉國小	一九九五年
新園鄉幼苗	新園鄉公所	一九九五年
大樹的故事（歌舞劇）	葦軒出版社	一九九六年
跟童話交朋友（上下）	國語日報	一九九六年
母親花（兒童詩集）	仙吉國小	一九九六年
仙吉國小，生日快樂！	仙吉國小	一九九六年
大樹的故事（歌舞劇）	高雄縣立文化中心	一九九七年
校長再見	仙吉國小	一九九七年
我愛新園鄉	仙吉國小	一九九七年
我說你來猜	仙吉國小	一九九八年
文章和圖畫的婚禮	仙吉國小	一九九八年

兩個我	百盛文化出版社	一九九八年
老師與我同年紀	百盛文化出版社	二〇〇〇年
小學生作文教學活動設計	螢火蟲出版社	二〇〇一年
兒童日記分類指導	螢火蟲出版社	二〇〇一年

三、報導與評論彙編

(一)報導部分

斗笠老師　曾妙容　國語日報　兒童文學版　民國六十一年十一月

兒童詩的產生　徐守濤　兒童詩論　民國六十八年一月　頁二十七～二十八。

黃基博開創兒童詩路雖難走卻有結果　陳淑玲　屏東週刊第六期　民國七十一年八月二十七日　頁十六～十八。

推廣兒童文學・啓迪學子心靈——屏東縣仙吉國小黃基博老師創造兒童文壇　編輯小組　杏壇芬芳錄第六輯　民國七十三年九月二十八日　頁八～一五。

黃基博營造情意的美　林煥彰　東師語文學刊第四期　民國八十年二月　頁二七四～二七六。

自傳　黃基博　中國當代兒童文學作家小傳／湖南少年出版社　民國八十一年　頁二七一～二七四

台灣兒童詩教學的拓荒者黃基博　黃基博　兒童文學家第八期　民國八十一年十月　頁四～五。

黃基博的一顆童心　潘柏麟　聯合報第十七版　民國八十五年三月一日

斗笠老師　淨光　國語日報第六版　民國八十五年八月二日

(二)評論部分

黃基博的童話　林鍾隆　國語日報少年版　民國五十六年

兒童詩　林鍾隆　國語日報國民教育版　民國六十二年

評《玉梅的心》　林鍾隆　國語日報兒童文學版　民國六十二年

推介「兒童提早寫作方法」　張惠瑩　國教天地　民國六十二年

「怎樣指導兒童寫詩」讀後感　傅林統　國語日報國民教育版　民國六十二年

實用的「兒童提早寫作方法」　馮俊明　國語日報國民教育版　民國六十二年四月三

日
評「花神」　曾門　國語日報兒童文學版　民國六十三年一月二十日
評「媽媽的心、春」　邱阿塗　國語日報第三版　民國六十四年九月二十一日
兒童詩的創作境界　趙天儀　文壇一九〇期　民國六十五年四月
「太陽」與「天空」——評《兒童詩畫選》（下冊）　小雲　國語日報第三版　民國六十五年一月十一日
析評「看不見的樹」　藍啓育　國語日報第三版　民國六十六年十月二十三日
詩教育的重要　林鍾隆　國語日報國民教育版　民國六十六年十月二十五日
一本指導兒童寫詩的書（上）　馮輝岳　青年戰士報第十版　民國六十八年八月二十三日
一本指導兒童寫詩的書（下）　馮輝岳　青年戰士報第十版　民國六十八年八月二十五日
自然與生活融合的表現——評黃基博兒童詩集《看不見的樹》　趙天儀　民國七十年五月十五日
媽媽的心情——表現矛盾的親情　趙天儀　快樂兒童第七期　民國七十二年七月三十一日

捕捉童心——評介「時光倒流」　馮輝岳　中央日報晨鐘版　民國七十二年八月十日
「時光倒流」簡介　林鍾隆　月光光雜誌　民國七十二年九月一日
林煥彰ｖｓ黃基博——談黃基博的童話〈大小劉阿財〉　林煥彰　兒童文學家第八期　民國八十一年十月　頁十～十三
評介「大小劉阿財」　曾信雄　兒童文學家第八期　民國八十一年十月　頁九
敲開小朋友寫作的心扉——讀黃基博《低年級作文指導》　張春榮　文訊一三四期　民國八十五年十二月　頁一八～一九
兒童詩的創作方法——評《兒童詩畫選》（下册）　趙天儀　國語日報

我認為「寓意」是一篇好的兒童文學作品應該具有的必備條件。這個寓意要留在字裡行間，讓小讀者在閱讀之後，自行去揣摩……

—— 徐正平

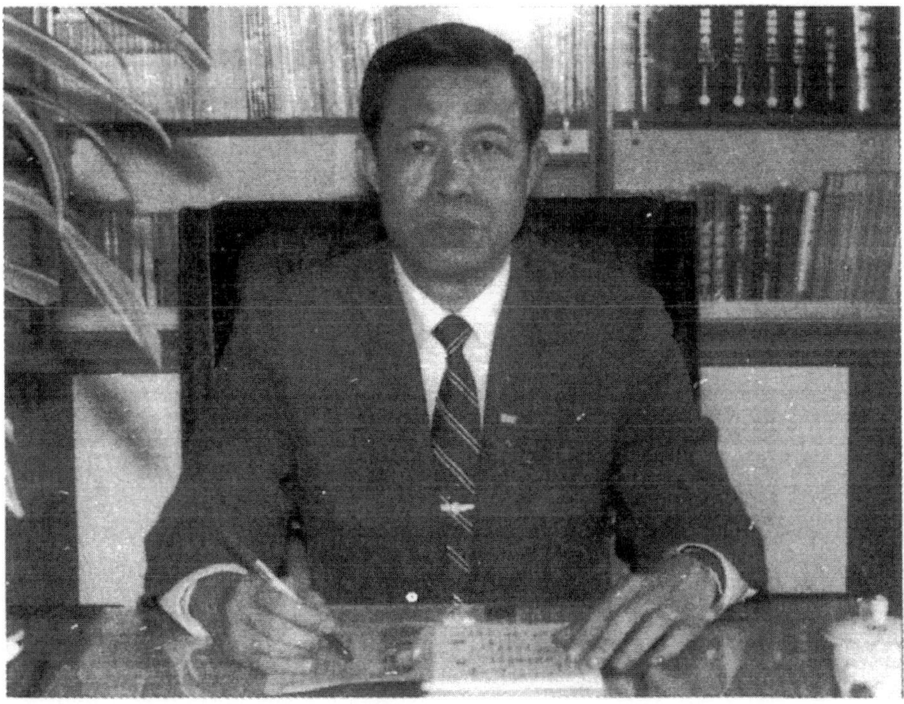

☞徐正平

——兒童讀物寫作研習班的催生人——

徐正平專訪

地點：中壢市新街國小
日期：一九九九年三月五日
時間：早上十點～十二點
訪問者：彭桂香
執筆者：彭桂香

談起台灣的兒童文學發展過程，在五〇年代起步的時期，「徐正平」這名字是大家所熟悉的。當時他以二十出頭的年輕生命和赤忱，投入兒童文學的創作園地，在這塊園地裡留下了鮮明的腳印。

徐正平從五〇年代起，就經常在《國語日報》兒童版、少年版發表童話、散文、生活故事等。他的第一本書是《千字童話》，一九六二年由「東方文藝出版社」出版。一九六六年由「永安出版社」出版了《鱷魚潭》，也是童話集。一九七二年又由「青文出版社」出版《泡泡兒飄了》一書；翌年又由「國語日報」出版《大熊和桃花泉》，收納了過去動物童話出色的作品，保有由活潑小動物演出趣味濃厚、正邪分明、深富寓意的故事。

一九七九年由「成文出版社」出版的《小白沙遊記》，是部融合科學與文學為一體的「科學童話」，有著「寓科教於文學」的風格。書中以表現科學精神為主，故事內容縱使有豐富的想像，也是以科學為依據，不超出科學的原理、原則，這本書使作者在科學童話的特殊領域裡，有了早期開拓的地位，這是他當時令人矚目的成就，這部作品同時也使得作者在一九八一年（民國七十年）獲得金鼎獎的榮耀。

綜觀徐正平的每一篇童話創作，都朝著作者預設的目標——教育的、道德的、科學的寓言去發展，這種趨向也正代表著六〇年代兒童文學的思想主流。

另外，很多人知道陳梅生是兒童讀物寫作研習班的創辦人，但卻不知道徐正平同時也是使陳梅生的願望得以實現的「催生者」，這也是徐正平在台灣兒童文學史上發揮影響力，占有重要地位的原因之一。

該班的成立可以說圓了陳梅生當年「培養兒童讀物寫繪人才」的理想，而徐正平則是機緣湊巧促成這樁富有意義的寫作人才培育計畫。

* * * * *

——首先請校長談談：在什麼情況下開始接觸兒童文學，並從事創作，一路創作的經歷如何？

我於一九五五年（民國四十四年）八月一日竹師畢業後，便被分派到桃園縣新屋鄉新屋國小任教，當時我擔任三個高年級班級的國語科教學，教學科目包括讀書、作文、說話，教學之餘除了教科書之外，還希望能為小朋友找到一些適合閱讀的課外書籍，可惜能尋獲的非常少。所能找到的只有《國語日報》，大部分學校皆有訂購，以及由台灣省教育廳編寫、台灣書店出版的《小學生》雜誌。那時候每個班級都有這些書，小朋友的語文教育性課外讀物大概也只有這些，除此之外，外面書坊很少出版適合學生閱讀的書籍，舉目所見皆是以實用參考書為主，故事性的讀物絕少。即使能找到，也只有從外國（例如日本）翻譯過來不合國情的書籍，再者是由中國古代文言文改寫的白話文作品，例如《二十四孝》等不合時宜的故事。

所以，我覺得國內急需一套符合當時兒童生活需要的讀物，所以開始著手把學童生活環境教育需要的東西，運用自己的想法進行寫作，這是創作的第一個動機。

第二個創作動機，是我的孩子剛進小學，喜歡聽故事，所以常常講故事給他聽，說完之後便把故事記下來，日積月累下來，有了一些作品，也想給別的孩子聽，所以開始向外發表作品。剛開始創作的時候，大家可以發表的地方很有限，唯有《國語日報》七百字和三百字故事園地可供發表。一般出版社很少採用創作的兒童文學文稿，大多仍用翻譯的稿子，當時的《小學生》雜誌，原本登的大部分是知識性的文章，後來漸漸有了兒童文學的作品，以童話居多。那時還不見童詩，童詩的發展要等到一九五七年（民國四十六年）之後。

從整體環境來看，當時台灣從事兒童文學創作的人不多，個人作品發表出來之後，對全省其他同樣有興趣創作的老師產生了鼓勵的作用。以上諸般原因，使得個人開始繼續爲小朋友寫喜歡的童話，後來集結成册出版。

——校長被兒童文學界人士稱爲板橋教師研習會「兒童讀物寫作研習班的催生人」，可否請校長說明這段事情的緣由和經過？

一九七一年（民國六十年）三月，我參加板橋教師研習會一百三十一期的自然科研習受訓期間，與當時研習會陳梅生主任有一席談話，陳主任找我去辦公室面對面的談，並拿了兩本從美國兒童讀物翻譯過來的《數學小叢書》和《科學小叢書》，我看了覺得裡面的文字很生硬，不符合學生興趣、需求，內容也不合國情。陳主任希望我能重新改寫，我向主任表示，目前我們需要更多更多的兒童讀物，光是改寫兩本書沒有什麼效用，所以我建議主任把當時從事國小教育工作，而且文筆好、擅長兒童文學創作的老師，一起調訓到板橋教師研習會，提供一個深入的兒童文學課程訓練。經過研習，大家有了一致的方向和共同的觀念，回去之後繼續散播種子、繼續耕耘，想必更有所裨益。陳主任聽了很高興，表示他多年以前即有同樣的構想，我們的見解可說是不謀而合。

接著，陳主任馬上拿起桌邊的電話聯絡台灣省教育廳第四科，當時科長馬上答應。行政系統答應了，事情差不多就成了。第二通電話是找「國語日報社」的林良先生協助設計兒童文學研習課程。

陳主任接著要我開份名單給他，我隨即寫了信給北部的顏炳耀老師，中部的鄭仰貴老師，南部的黃基博老師，希望他們提供名單、資料。同時我從《國語日報》及教育雜誌內，蒐集經常發表作品的小學老師的名字，加上素有往返的文友的名字，整理出一份名單，計六十五人，分成兩期調訓。在一九七一年（民國六十年）第一百三十六期開辦「兒童讀物寫作研習班」第一期，第二期也在數個月後繼續舉辦。研習班總共開辦了十二期，爲台灣兒童文學界培養了不少人才。

——第一期兒童讀物寫作研習班的參加人員有哪些？課程安排、講授者以及學員概況如何？這些學員結業後，是否仍繼續從事創作？

這可以分幾個部分來談：

㈠課程和講授者

兒童讀物寫作研習班課程的內容與教授的聘請，是由林海音、潘人木、趙友培、林良、徐增淵、毛順生、曾謀賢、傅林統這幾位先生，跟陳主任開了兩次課程設計會議才決定的。課程有一般課程和專業課程。分爲三個單元；

1.寫作技巧的理論介紹：邀請知名作家教授，例如：林良、林煥彰、洪炎秋、潘人木等教授，把有關兒童文學的寫作技巧理論做很有系統的介紹和研習。

2.名著的閱讀及評鑑：要求所有參加研習的成員，在第一週看完一百本有關兒童文學的書。當時書的來源是「國語日報社」出版的外國翻譯作品，閱讀完畢寫一百篇心得。

3.習作練習：分成四組，有少年小說組、童話組、散文組、童詩組，按照研習課程心得去創作，經過教授批改評審後，印成專輯。

這三個課程單元注重理論和評鑑、習作的配合，這樣的課程安排是很理想、實際的。

另外，陳主任還為大家約請了名作家、名教授、編輯工作者和各級官員來講課，像謝冰瑩、吳鼎（兒童文學概要）、趙友培（兒童讀物創作構成因素分析評鑑、習作指導）、林良（兒童語彙研究、寫作技巧研究評鑑、習作指導）、何容（字辭的選擇）、潘人木（兒童讀物人物描寫研究評鑑、習作指導）、林海音（兒童讀物寫作比較研究評鑑、習作指導）、楊思諶（作品評鑑、習作指導）、馬景賢（習作指導）、畢璞、陳紀瀅、尹雪曼、華霞菱、潘琦君、蘇尚耀、舒吉（一般寫作以及兒童讀物寫作經驗談），還有徐增淵、毛順生兩位先生講授兒童讀物研究，曾謀賢先生講授的插圖研究，其他的教授有葉楚生、陳漢强、謝東閔、薛光祖、王大任等。

(二)學員概況

參加研習會的學員陣容也不弱，其中有速記發明家（陳宗顯）、美術教育家（張錦樹）、教科書編審委員（蔡雅琳）、青文出版社和《好學生》雜誌的總編輯（顏炳耀）、教育雜誌和桃園週刊的編輯（曾信雄）、詩人（葉日松、藍祥雲）、小說家（曾門、張彥勳），還有北部六縣市的論文冠軍（連照雄），得過二十六個獎的黃淑惠，寫廣播劇的楊素絹等等，可說個個都有一雙能寫、能編、能畫的手，其他的參加人員還有桃園縣傅林統校長、曾信雄校長、宜蘭縣邱阿塗、花蓮縣的黃郁文等等，約有三十幾人，現在仍是繼續在兒童文學界耕耘的知名作家，也都各有作品出版。

㈢分組、座談、書刊

上習作指導課分成四個小組，分別由林海音、潘人木、林良、楊思諶、趙友培（第一期）、馬景賢（第二期）指導，過程是「計畫寫作內容——教授指導參加意見——提出大綱——教授批示——作品起草——教授訂正——再寫作——反覆訂正及寫作——完成作品」。這種「寫了改、改了再寫、寫後再改、改後再寫」的方式，收效宏大。

第一期開辦結業之後，大家在結訓典禮上彼此有了一些共識：

第一、分頭進行整理當時教授講授的課程內容，投到報章、雜誌上發表，讓更多人能夠看到研習的內容，影響更多的老師。

第二、運用各種文體的研習心得，例如：童話、少年小說、散文、童詩等部分所得到的概念，回去從事新的創作發表，影響整個教育界及社會，更希望出版界能重視。

在此之前，出版社都不太願意出版兒童讀物，因爲沒什麼利潤。之後一、兩年，研習回去的老師們陸陸續續在報刊上發表作品的很多，例如：《國語日報》和當時各師範學校輔導室所出的輔導刊物，《國教世紀》、《教學生活》、市北師的《國教》月刊、台北師範的《國民教育》月刊、《台灣教育輔導》月刊、《中國語文》月刊、《小學生》雜誌等。這些文字，獲得家長、出版界、文化界人士們的重視，慢慢地兒童文學的風氣就打開來，關鍵時間大約是在民國四十七、八年到五十幾年這段時間，前後約十年。

㈣後續影響

研習會在第一期的兒童讀物研習寫作班之後，陸陸續續的從各縣市選調了寫作老師、教授國語文的教師，一共開辦十二期，受訓的老師大概有四、五百名。這些老師分布在全省各地，包括台北市和高雄市，這股力量結合起來，影響很大。這要歸功於板橋研習會的籌畫推動，尤其是陳梅生主任功不可沒。

研習課程中還有一件事影響深遠，就是當時邀請了多家國內有名且重要的出版社——包括國語日報社、東方出版社、光復書局、青文出版社等——的老闆，一起參加研討會，希望建立共識，共同走出兒童文學的康莊大道。當時研討會的決議之一是大家要以創作為主，決議之二是希望出版社能騰出一部分空間，使國人創作的作品流通在坊間。

另一個討論的議題，是如何使台灣兒童文學繼續發展下去。當時討論的結果也有兩點：第一是希望兒童讀物寫作研習班繼續辦下去，第二是希望參加過研習的各縣市老師，回去之後成爲種子，運用這些經驗，在各縣市的寒、暑假，辦理短期兒童文學研習。

除此之外，當時還有「洪建全兒童文學基金會」的成立，負責推動這項工作。另外，《兒童月刊》也在那時期創刊，這是一本純粹兒童文學性質的雜誌，當時還行銷到美國，可惜的是當時社會不重視兒童文學，所以幾年後停刊了。雖然如此，《兒童月刊》畢竟保留了很多作家的寶貴文字。

此外，雲林縣的丁明根老師也花了很多時間，出版了以兒童文學爲主的刊物，也停刊了。

更可貴的是屏東縣仙吉國小的黃基博老師，他對兒童文學的研究很深，尤其是兒童作文。他有一本書《我教你作文》很不錯，此外他也有其他有關兒童文學的出版、創作，對指導國小語文教學有很大的幫助。

桃園縣的林鍾隆老師已從中壢高中退休，他原本就是有名的作家，出版過很多成人讀物。他有一本《愉快的作文課》，影響很大，由「中國語文」出版。他也因精通日文，所以翻譯了許多日本童詩。尤其他創辦了兒童詩刊物，當時教育界上百位的老師跟他聯繫，從那時開始開啓了寫作童詩的風氣。風氣推動起來，受到各縣市的教育單位長官的重視，也因此辦理以兒童詩爲主題的研習和教學觀摩展覽，產生了影響力，兒童詩從此盛行。

——校長曾獲頒中國語文學會「第五屆中國語文獎章」，能否談談得獎原因和經過？

當時獲頒中國語文獎章時，我還在新屋國小任教。得獎條件是從事語文教育工作屆滿十六年，那時剛好距我一九五五年（民國四十四年）從新竹師範畢業剛好十六年，平常也喜歡發表自己的教學心得，所以就把自己平日的相關文章、作品整理出來，送到中國語文學會，很僥倖的得獎。在國立台灣師範大學頒獎，當時得獎的還有黃郁文校長、葉日松老師。

——校長的六本著作——《千字童話》、《鱷魚潭》、《泡泡兒飄了》、《大熊與桃花泉》、《小白沙遊記》、《兒童書信》等——被認爲相當具有教育意義，甚至有人將之歸類爲「六〇年代的教育童話」來進行研究。請問校長您個人對此稱號的看法？您從事創作時所抱持的態度和寫作觀點是如何？

當時寫作童話的教育意味比較重，現在即將進入二十一世紀了，想法已經不同。不過這是當時的特色，我們儘量從文字當中啓發兒童，這是我們寫教育童話的著眼點。創作前考慮文字口語化、生活化，但是這些使用的文字已和現在社會不同了，從中也可看出當時的社會背景及特色。

此外我也考慮配合國小教材和教育趨勢去寫，所以從字裡行間可以看出當時兒童學校生活的情形、狀況，譬如：運動會、教室裡上課實際狀況，還有生活上的其他的反應。那個時代重視知識的灌輸，但方法卻是塡鴨和記憶背誦，在這樣的情況下，學生學到的其實是死的知識，不能活用知識。所以我想借重文學的力量，把知識融匯在作品裡面，使小朋友在閱讀之後，自然吸收知識。

而我之所以能寫「科學童話」，是因我除了對國小語文教育有研究的興趣之外，對自然科也有涉獵和研究的興趣，更曾經擔任桃園縣自然科輔導員，所以自然科當中的物理、化學、動植物、地球科學等學科的基本知識足夠，所以能運用本身既有的知識，結合小朋友的需要從事創作。

當時我的構想，是把自然現象的奧祕和兒童感興趣、生活常接觸的動、植物，以擬人化童話方式寫作，一個個單元地呈現。其中也曾經編了一套《兒童數學教室》，共八本，這套書的內容包括數學上的各種生硬死板的數字、原理原則、知識公式等，對於這些，我們希望兒童不僅僅知道結果而已，還希望他們知道產生這些結果的過程，所以當時設定一種編輯的方式，一是選擇用連環圖畫的方式去表現；第二是使用擬人化、故事化的文字，把數字過程按照當時數學課本單元的方式去編寫，吸引兒童的閱讀興趣。這也是當時寫童話的想法。

另外，我們寫童話時，喜歡用動物當故事的角色，以擬人化的方式去寫，譬如：豬是愚笨的，狐狸是狡猾的，兔子是安靜的……等等，按照一般人對動物的印象，並賦予各種動物不同的個性的方式，去編寫故事給小朋友閱讀，結果他們很喜歡，這是當時作品較多教育性，較少娛樂性的原因。以上可說是「教育童話」的由來。

總之，我希望小朋友閱讀過這些童話之後，對課程上的學習有幫助。

——校長認爲怎樣的兒童文學作品才算是好的作品？

我認爲「寓意」是一篇好的兒童文學作品應該具有的必備條件。這個寓意要留在字裡行間，它要表達的是「善」和「美」，但要避免用文字直接說教，讓小讀者在閱讀之後，自行去揣摩，這才可以多方啓發讀者，讓他回味無窮。寫作最忌在文末加上顯露的說教。池塘裡丟下一顆石頭，自然會起漣漪，這是好的兒童文學作品該有的條件。

另外，要在文章中製造「懸疑」，讓讀者去猜測故事的發展，有興趣繼續往下閱讀。此外情節要「曲折」，超乎別人的想像，避免平鋪直敘的流水帳。文字使用要口語化、生活化，避免艱澀的詞句，如果要使用偏僻的典故、成語，要在文章後面加註補充說明。最後一點是文章的修飾很重要，每一篇文章的段落要分明，每個語句的運用要恰當，標點符號要正確使用。

——現代的兒童最需要怎樣的兒童讀物？

基本上，我們給兒童的讀物一定要是正面的，我們要在文字裡面强調善，對於惡的描寫點到即止，這種寫法很重要。就如小朋友看電影時，總要先問哪一個是好人？哪一個是壞人？確定了之後，他才慢慢去欣賞情節，喜歡看好人，不喜歡看到壞人，最後好人戰勝了壞人，小朋友就很高興。

其次，現在的兒童需要配合課程的兒童讀物，現在有多家出版社出版教科書，雖然都根據教育部頒訂的課程標準編寫，但實際內容水準不見得就高，所以現在的兒童特別需要與課程相關的課外讀物來補充課本的不足。

第三，社會不斷繁榮進步，民主法治落實之後，小朋友接觸面愈來愈廣，所以民主法治類的書籍非常重要。怎樣待人接物，怎樣在社會上實施民主，把社會帶向正面欣欣向榮的發展局面，都是我們必須教導兒童的。

第四，兒童正值身心發展快速、需要充實的階段，眼裡所見的都是新鮮的事物，但不見得有足夠的了解，所以如果能以他們的生活需求與經驗出發，編寫書籍解釋說明「食衣住行育樂」各方面生活上的情況，以補充生活經驗的不足，將可達成「由已知到未知，由近及遠，由具體到抽象」的教育原則。

最後，小朋友也極需要工具書。字（辭）典是學習語文最重要基本的工具書，最好能人手一冊，還有一些有關語文技能指導的專書也很需要，而其他科目的參考書籍也很重要。

除此之外，文學性的書籍，例如：童詩、童話、兒歌等，都是不可或缺的。如果學校圖書館能廣爲蒐納這些圖書，一定爲小朋友所喜愛。

——校長對目前國內的兒童文學發展有何看法？您認爲六〇年代的兒童文學作品和現代的兒童文學作品有何不同？

台灣的兒童文學如今已漸漸走向創作路線。在早期，翻譯作品居多，不合乎國情的作品充斥在坊間，中國古典文學的改寫作品也有部分不合時宜，走向創作路線之後，這些缺點都改進了，這是很可貴的。畢竟文學創作要有時代性，有創作記錄，這個年代才不會空白，後來的人研究這時代的兒童文學才有依據，不至於影響兒童文學的發展。

整體而言，民國初期幾乎沒有兒童文學，有的只是中國古典文學，一直到民國六十年板橋研習會「兒童讀物寫作班」開辦，兒童文學才見發展。當時我們的理想目標即希望大家關心兒童文學，將兒童文學普遍化，但當時大家對兒童文學還缺乏概念，以爲是一般風花雪月的成人言情小說，現在已經走出來了，想必未來會更有發展。例如「中華民國兒童文學學會」便推動很多兒童文學工作，保存了很多兒童文學的資料，也爲兒童文學規畫了未來的發展。

兒童文學的發展從民國六〇年代以來一直到現在，一直只有進步沒有退步，而且參與這個工作的人愈來愈多，愈來愈普遍化，不僅打入教師的平時教學中，也走進了家庭，許多家長愈來愈重視兒童閱讀，這是一個好現象，這是我對兒童文學發展愈趨「普遍化」的看法。

兒童文學的第二個發展趨勢是「國際化」，今日台灣生活開放，很多台灣人可以到世界各地旅遊，有心兒童文學教育的人，會把當地兒童文學的作品帶回來，像是日本、大陸的作品，這些書是民國四、五十年時看不到的。這些國外翻譯作品都很不錯。在這方面，台北的台灣書店投入了很多心力、財力去耕耘。

第三個明顯的趨勢是「兩岸的交流」，兩岸的文學作家已經有互訪、往來，從這當中，我們發現大陸有很多好的兒童文學作品。兩岸的作品各有特色。交流是好現象，將來兩岸的交流恐怕要更緊密，以取人之長、補己之短，互相推動，寫出這個時代的兒童文學。

今年八月，中華民國要辦理「亞洲世界兒童文學大會」，現在由「中華民國兒童文學學會」籌辦中，屆時，世界各地的兒童文學家會到台灣來，經過各種討論、研究與交流之後，台灣的兒童文學會往前跨進一步，更趨「國際化」，展現出豐富的內容。

現在有愈來愈多的基金會關心重視兒童文學，像是「洪建全兒童基金會」以出版書籍、辦理徵文比賽方式推動兒童文學，是種可喜的現象。未來希望有更多的基金會關心小朋友的兒童文學。可以預期的是兒童文學未來的發展，將會是美麗的。

——校長認爲兒童文學和小學教育之間的關係爲何？身爲教育者，校長認爲應該如何

誘導兒童去接觸兒童文學作品，並鼓勵他們去創作？本校在兒童文學教育方面的實施概況是如何？

兒童文學和小學教育的關係非常密切。小學語文的課程注重說、寫的能力，培養一個人的說、寫能力，也有利於其他科目上的學習。因爲語文科是工具科目，說、寫能力除了課堂上的教材之外，對於課外閱讀也非常重要。

課外閱讀的種類包括一般書籍，特別是具有文藝性、故事性、娛樂性的兒童文學書籍，這是小朋友最喜歡的課外書籍種類，他們在閱讀當中被潛移默化，吸收了很多知識，可以彌補課堂上學習的不足。國小其他科目，例如：社會、自然、數學甚至藝能科目等，都可以用兒童文學的方式來表達，小朋友可以從中吸收很多知識。

此外，各小學都設置了兒童圖書室，各類書籍相當的充實。其中小學圖書室收藏的圖書有工具書，例如：字（辭）典、百科全書、動植物圖鑑等，應於教學上多予使用。

另外，各小學圖書館大都也蒐羅、陳列了由台灣書店按照年代、年段出版的《中華兒童叢書》，這套叢書的編寫、出版，對小學來說意義十分重大，幾十年來也發揮不可忽視的影響力。

此外，還有一般兒童文學的創作作品、國外兒童文學作品的譯本，以及配合國小課程教材編寫、對教學有幫助的作品。

新街國小目前課程安排每班每週一次固定到圖書館去，由教師指導閱讀，透過閱讀活動彌補課內語文教材的不足。而且現在圖書館的管理、借書程序都已電腦化，小朋友間的讀書風氣相當不錯，這都可見兒童文學與國小教育之間關係密切之一斑。

很多小朋友從閱讀當中產生一種模仿、寫作發表的慾望，教師可藉機指導創作的技巧。我曾經擔任國語科輔導員和國語科研究員十多年，在輔導團裡，經常會到各校去輔導國語科教學，時常有老師提出國語科的教學問題，其中常被提出的問題包括：怎樣教學作文？標點符號的使用？作文怎樣起頭、分段？怎樣抓住文章的主題？用什麼體裁來表達？如何批改作文？……等等。另外還有：如何讓小朋友對語文的學習產生興趣？基本識字教學、造詞造句、成段成篇……等等教學上的困難，這些問題都必須與兒童文學教學做密切配合，才能事半功倍地有效解決。

一般來說，教師容易忽略的是教學的要點。一篇文字重要的是「人物」，以及事情發生的經過、時間、地點，這幾件要項了解之後，就可以了解任何一篇文章的重點，這亦即寫作的要點。

在桃園縣裡，我們辦了很多兒童文學活動，包括暑假裡的兒童文學研習營和一系列的講座和創作，並透過縣政府協助各學校出版兒童刊物，每年辦理比賽，鼓勵好的作品。另外就是出版桃園縣教師的兒童文學創作選集，十八年來已出版十八期，是桃園縣多年來所有教師兒童文學的作品，包括少年小說、童話、童詩、散文，所有的精華都集中在此，是非常寶貴的專輯，現在仍由縣政府教育局每年編列預算，由教育廳補助繼續出版中。另一項是桃園縣兒童創作文選，目前已出版至第四期，這是針對全縣國小兒童，平時在經過老師指導後，投到國內各刊物發表的文章，由承辦學校發文到各校鼓勵學童投稿，然後選出九十到一百篇的文章，集結成專書分發到各校供學童閱讀，這是推動得很有績效的工作。

除此之外，桃園縣政府每年還會要求桃園縣各學校辦理語文科的觀摩教學，例如：兒童詩、作文，由各校選派教師參加研習，回校後再發揮種子功能。另外並配合辦理兒童文學的徵文比賽，適時表揚。除了教育界之外，桃園縣有兩個作家協會，一是桃園縣文藝作家協會，一是青溪文藝作家協會，其中也有一部分成員是兒童文學作家，在他們出版的書中可以發現一些兒童文學的作品。

桃園縣文化中心也很重視兒童文學，替兒童文學工作者出版了一些兒童文學專輯，設置了桃園縣兒童文學作家的專櫃，擺放了本縣籍作家們的書籍和原稿供有心人取閱。

其他各校皆有教師在熱心推動、指導校內兒童從事文學創作，風氣很普遍。

——校長對國小教師從事兒童文學創作有何看法？

因爲自己從事教育工作，我認爲最適合寫童話的人，是從事教育工作、熟悉課程內容的國小教師。其次便是家庭主婦，因爲老師和家庭主婦和兒童接觸最頻繁，最了解兒童心理，知道兒童使用的語言。所以這兩種身分的人，寫出來的童話最適合兒童欣賞。

——可否請校長賜教一些寫作上的技巧？要如何尋找創作題材，創作出一篇好童話？對有心兒童文學工作的後輩，能否給一些寫作技巧和尋找寫作題材的建議？

其實眼睛張開可見的，皆可成爲創作題材，俯拾皆是。天花板上的電燈、桌上的煙灰缸、窗外走動的學生……，以這些作爲題材，再運用想像力去寫成故事。

舉例來說：桌上有一本空白、不會說話的書，我們可以想像這本書突然間產生了生命的力量，飛了起來，在校長室繞了一圈，他看到校長室有許多書、獎盃、盆栽等等，他就把他所看到、想到的東西寫進書裡，一篇篇故事就產生了。飛出去之後，他到了學校操場，在操場周邊飛來飛去，他看到許多小朋友在打球、賽跑、做遊戲，把這些經歷寫成文字，又是另一篇故事。他繼續往外飛，飛到大馬路上，看到許多行駛中的車輛，又可以寫一篇有關交通安全的故事；飛到田野，又可以寫一些農夫工作的情形；飛到海邊，看到漁港打魚的漁夫；看到石頭，想到它由大變小的變化過程；也可以繼續飛到台北……。愛飛到哪兒就飛到哪兒，寫作題材是源源不絕的。

從無到有的過程當中，你可以任意發揮想像，以擬人化的手法，把大的東西變小，把小的東西變大，萬事萬物皆有生命，以平等的立場去寫，蒐集資料編成一個個的故事，寫作題材並不難找。

——校長對東師成立兒童文學研究所有何期許或建議？

台東師範學院成立兒童文學研究所，是兒童文學界值得高興和可喜的事，能對過去從事兒童文學的工作者、作家、作品，作深入的研究。

另外，對過去所有有關兒童文學的刊物進行整理成文獻，將對後人有所幫助。可以預見的是這樣的研究成果將會累積得愈來愈多，不論是針對作家或是作品做有系統的整理，都可以了解台灣幾十年來兒童文學的發展。若不趁早進行這樣的研究工作，恐怕會造成更多史料的遺失，造成脫節的現象。所幸兒童文學研究所及早開始，這樣的工作對未來台灣的兒童文學學術研究，會有很大的幫助。

剛剛瀏覽了以上所出版的刊物，內容、方向相當正確。在《一所研究所的成立》這本書中，詳細說明了籌設研究所的過程、相關的開會記錄、對研究所的建議等等，書中有很多的期許、希望、目標，要經歷很長的時間慢慢去做，才能漸次達成目標。貴所現階段進行的是訪問作家、蒐集整理史料的工作，預料後續的研究工作會更多，有助於將來台灣兒童文學更蓬勃的發展。兒童文學的發展對國小教育也一定會有很大的幫助，這部分的工作我們需要一起更具體、更深入地去做。

*　*　*　*　*

四十年來，台灣兒童文學界從無到有，從萌芽到茁壯的過程，徐正平校長親身參與，功不可沒，毫無疑問地，他是台灣兒童文學史上一位重要的指標性人物。

數十年的歲月裡，他埋首創作，用一支才情的筆盡情揮灑，刻畫了個人可觀的文學成就，許多兒童也曾經因著閱讀他的童話，而享有快樂童年。而他至今仍堅守於國小教育工作崗位，長期孜孜不倦地策畫、推動桃園縣語文教育工作；徐校長對於兒童文學工作「始終如一」的奉獻精神，真是令人敬佩！

參考資料

徐正平的童話世界　傅林統　豐收的期待——少年小說、童話評論集　富春文化事業有限公司　一九九九年四月　頁一八七～一八八

兒童讀物寫作研究班的催生者——徐正平　邱各容　兒童文學史料初稿一九四五～一九八九　富春文化事業有限公司　一九九〇年八月　頁二六五～二六七

附錄

一、著作目錄（兒童書部分）

書名	出版者	出版年月
千字童話	東方文藝出版社	一九六二年九月

鱷魚潭	永安出版社	一九六六年七月
泡泡兒飄了（編著）	青文出版社	一九七二年七月
兒童書信（編選）	青文出版社	一九七三年二月
大熊與桃花泉	國語日報社	一九七三年十二月
小白沙遊記	成文出版社	一九八〇年一月
三國演義	六合出版社	一九九三年七月
盒裡的岩石	水牛出版社	一九九三年十月

二、報導與評論彙編

(一)報導部分

兒童讀物寫作研究班的催生者——徐正平　邱各容　兒童文學史料初稿一九四九～一九八九　富春文化事業有限公司　一九九〇年八月　頁二六五～二六七

徐正平的童話世界　傅林統　豐收的期待——少年小說、童話評論集　一九九九年四

月　富春文化事業有限公司　頁一八七～一八八

㈡評論部分

愛寫動物故事的作家　曾信雄　國語日報兒童文學版　一九七二年七月九日

鱷魚潭童話集的特點　林桐　國語日報兒童文學版　一九七二年十二月三日

泡泡兒飄了的含義　林桐　國語日報兒童文學版　一九七三年四月二十二日

鱷魚潭和泡泡兒飄了　傅林統　豐收的期待——少年小說、童話評論集　富春文化事業有限公司　一九九九年四月　頁一八九～一九三

兒童詩有特定的讀者對象，寫作兒童詩時，必須考慮：怎樣寫才能讓兒童看得懂，而且他們又有興趣、願意看，而這些作品又必須具有詩的意味和本質。

—— 林煥彰

☞左起：郭鍠莉、林煥彰、任榮康

催耕的布穀鳥——

林煥彰專訪

日期：一九九九年二月八日
地點：聯合報大樓
訪問者：郭鍠莉
執筆者：郭鍠莉
（本訪問稿彙整林孟琦及王貞芳於一九九八年所作之採訪，筆者進行第三次訪問後定稿。）

林煥彰是台灣省宜蘭縣礁溪人，生於一九三九年八月十六日，現年六十歲。發表作品時，除了使用本名之外，早期曾用牧雲為筆名，後來也偶爾用多佛、方克白、方白等。他曾經失學，是一位苦讀而成功的優秀詩人，他平實、平凡，又不失赤子之心。

林煥彰是台灣兒童文學發展史上的重要人物之一，他不但在創作方面屢屢得獎，著作等身；在推動台灣兒童文學的發展上更做出許多建設性的努力，在台灣兒童文學的發展史上留下一個個具有指標性的里程碑。

林煥彰是「中山學術文藝獎」兒童文學類首位得主。此外，他也曾獲得「優秀青年詩人獎」、「中國文藝獎章」、「洪建全兒童文學創作獎」、「青年文藝獎」、「中興文藝獎章」、「中華兒童叢書金書獎」、「澳洲建國兩百週年現代詩獎章」、「小百花獎」、「陳伯吹兒童文學獎」、「冰心兒童文學新作獎」等。他已出版的編、著作有六十多種，作品譯成英、日、泰、韓、法、德、荷及馬來文等外文在外國發表。在童詩方面，重要著作有《童年的夢》、《妹妹的紅雨鞋》、《林煥彰兒童詩選》等。

林煥彰於一九八〇年三月十八日與詩人薛林、舒蘭發起成立「布穀鳥兒童詩學社」，擔任《布穀鳥兒童詩學季刊》的總編輯；一九八三年十二月二十三日發函邀請兒童文學工作者三十人發起籌組「中華民國兒童文學學會」，任籌備會祕書。該會於次年十二月廿三日成立，並出版《中華民國兒童文學學會會訊》季刊，林煥彰任第一屆總幹事，也是現任（第五屆）理事長；一九八八年九月十一日與謝武彰、杜榮琛、陳木城、陳信元發起成立「大陸兒童文學研究會」，被公推為會長，積極展開兩岸兒童文學交流及研究工作；一九九一年一月一日，獨力創辦《兒童文學家》季刊，任發行人，並親自規畫、編輯；一九九二年二月十六日召開「中國海峽兩岸兒童文學研究會」發起人及第一次籌備委員會，擔任主任委員。該會於同年六月七日在台北成立，林煥彰以籌備會主任委員身分主持成立大會；更在第一屆第一次理監事會議上當選理事長。一九九四年九月十四日「世界華文兒童文學資料館」成立，林煥彰被推舉為館長。

為了進一步了解林煥彰在台灣兒童文學發展上的貢獻和理念，我們進行了這次訪問，替歷史留下記錄。

＊　＊　＊　＊　＊

一、鄭愁予的一句話引領他從成人詩跨入兒童詩

林煥彰本來是寫現代詩的詩人，在還沒爲兒童寫詩之前，他在現代詩的寫作成就已經受到詩界人士的肯定。然而，在一九六五年，他參加中國文藝協會「文藝創作研究班」（詩歌組）研習時，指導老師鄭愁予對他的習作詩篇〈月方方〉給予好評，認爲該詩充滿童話味，或許將來可以被編入國小語文課本。這一番話鼓勵了林煥彰的轉變，讓他一腳跨入兒童詩的領域。

林煥彰表示當時他並沒有「兒童詩」的概念，他只不過模擬兒童思考、口語的方式，將童年的回憶寫入詩裡，沒想到能受到鄭愁予的誇讚與鼓勵，開啓了他通往兒童文學的道路。

當時寫回憶童年的詩，後來結集成《童年的夢》一書。

一九七三年是林煥彰在兒童文學發展的開始。他強調，他所有的兒童文學工作，都從一九七三年開始。

一九七三年，「洪建全教育文化基金會」宣布設立第一屆兒童文學創作獎，林煥彰寫了廿首童詩參加童詩組徵稿，也就是林煥彰的代表作品之一《妹妹的紅雨鞋》。參加之前他先請前輩過目，當時林鍾隆就指出他的作品頗有詩的意味，但是小孩不易看懂，並給予意見作調整。那次比賽的結果，林煥彰獲得佳作獎。接下來他連續參加了四屆，四屆都得佳作。

一九七八年他以《童年的夢》和《妹妹的紅雨鞋》二書奪得「中山文藝獎」，成爲該獎兒童文學類首位得主。從此，他對兒童詩的寫作更有使命感，他內心發願：「我從什麼地方得到，就要回饋到那裡。」因此他決心在兒童文學的工作上，要加倍努力。

二、他堅持爲兒童寫的詩也必須有崇高的藝術表現

林煥彰認爲，成人詩和兒童詩不同，成人詩不需要考慮讀者對象，兒童詩卻有特定的讀者對象，寫作兒童詩時，必須考慮：「怎樣寫才能讓兒童看得懂，而且他們又有興趣、願意看，而這些作品又必須具有詩的意味和本質。」

一九七三年開始，他專意地爲兒童寫詩。當時已有一羣國小老師一方面積極指導兒童寫詩，一方面寫詩給兒童看。林煥彰覺得這種情形很値得嘉許，但是，他覺得可惜的是他們寫的詩「缺乏詩意」，很可能是因爲他們爲了要讓兒童看得懂，才做出如此的遷就。林煥彰認爲，無論是要寫給誰看的詩，都應當追求崇高的文學藝術成就。

林煥彰開始專意爲兒童寫詩時，即特別專注在當代兒童的生活和心理層面來取材，並用心揣摩兒童的心理。就他的創作歷程來說，《童年的夢》和《妹妹的紅雨鞋》二書分別代表了不同階段的創作，所呈現的風格、表現手法和題材都截然不同。

在爲兒童寫作時，除了觀察和了解，林煥彰常常回想自己的童年體驗，藉以接近兒童的心理。他認爲既然要爲兒童寫詩，就不能放棄任何可以接近或觀察、了解兒童的機會。童年的回憶能促進思考，並且以過去本身的經驗來驗證。或許是這個原因吧，使他的作品備受各方好評。上海著名童話家洪汛濤指出：林煥彰的詩充滿形象和聲音，而且大多節奏感很强烈，是童趣盎然的詩作。

林煥彰表示，兒童詩是詩的一種，也是兒童文學的一環。是詩的，應該具備詩所必須具備的要素；是兒童的，應該考慮它的對象；是文學的，應該要有文學的價值。因此，成人爲兒童寫詩，必須要有三個觀念，那就是：兒童觀、教育觀和藝術觀。

林煥彰說，詩是語言藝術的表現，和一般文字的表現形式不同。詩的特質包含音樂性、繪畫性、意義性，好的兒童詩還要注意情趣。音樂性代表了作家情感內在的呈現，繪畫性呈現出意象語言，意義性就是主題，也可說是中心思想，但並非教條式的，也不是一種概念性的敍述。然而，兒童在看童詩的時候，是直覺的，他們不會去考慮音樂性、繪畫性、意義性等條件。但只要一首詩具備了以上條件，他們就能夠很直覺地感受到，就如人與人交往，會感覺和對方投緣，就是因爲對方身上具備了吸引人的特點，欣賞兒童詩也是這種出於直覺的欣賞。

套用美國現代詩人弗洛斯特（Robert Frost）的一句話：「詩就是看的時候很愉快，看了以後讓人覺得自己又聰明了許多的東西。」

林煥彰認爲就台灣兒童詩的現況來說，還沒有出現一個能積極投入、並塑造自己風格的人，也就是沒有人的作品能有別於以前的作品風格。這應該要從觀念性的理念著手，台灣兒童詩的理論、評論太少了。他認爲謝武彰的童詩就寫得很好，但現在他也從事圖畫書、兒歌、散文，反而看不到他創作童詩，這是很大的損失。

除了創作，林煥彰也從事編選兒童詩，撰寫兒童文學評論，以及論述性文章、史料整理、新詩編目等。兒童詩編選方面已出版的有《童詩百首》、《兒童詩選讀》、《台灣兒童詩選》等，新詩編目包括《近三十年新詩書目》、《中國現代詩編目》二本。據他本身估計，若將相關文稿整理編輯，大約可以再出版五、六本書。

——三、「布穀鳥兒童詩學社」的興衰

「洪建全兒童文學創作獎」的成立，可以說帶動了台灣童詩的氣候。當時有林鍾隆創辦的童詩刊《月光光》，國教界的老師也在指導兒童寫詩，報紙的兒童版也開始刊登兒童詩，整個大環境相當看好。但雖然如此，林煥彰總覺得還不夠，希望有計畫性地提升兒童詩的層次，因此他與詩人朋友舒蘭、薛林便於一九八〇年創設了「布穀鳥兒童詩學社」，發行《布穀鳥兒童詩學季刊》。

「布穀鳥」的宗旨是：提倡兒童詩創作、理論、批評、教學研究，結合童謠、童話、美術和音樂。林煥彰表示，創辦布穀鳥是希望建立中國兒童詩理論、提高中國兒童詩的品質以及推廣中國兒童詩的教學。當時所說的「中國」指的就是台灣。那時候，有關兒童詩的理論很零亂，有必要建立一套完整的理論；兒童詩也是文學，所以兒童詩應該要具有藝術的本質和價值，不僅要讓兒童看得懂，還要讓他們看了有所感

受、有所領會；當時有一羣國小老師在教導兒童寫詩，如南部的黃基博、北部的蘇振明等人，但林煥彰希望能更有計畫地推廣。

整個「布穀鳥」開始都是林煥彰一個人在規畫，因爲他比較了解兒童詩，舒蘭、薛林是因爲友誼的關係，支持「布穀鳥」的成立與運作，可是他們忙著創作、教學，與當時台灣兒童詩的朋友接觸較少，所以由林煥彰擔任總編輯，規畫刊物的走向，並全責構想內容。

舒蘭以前有一個出版社叫「布穀」，再加上從民間資料得知，布穀鳥是一種催耕的鳥，實際上布穀鳥是一種斑鳩，牠的叫聲「咕咕、咕咕」，以前農業社會，這種鳥在春天會這樣叫，大概是爲了求偶吧，牠們生活在果園或較低的山林裡，和農民較親近，而春天剛好是播種的季節，就像是催農人趕快耕種，所以有催耕的象徵意義。詩刊取名爲《布穀鳥》，是希望以這樣的名稱自我期許，並激勵我們在台灣兒童詩領域的同好，大家認眞耕耘，讓兒童詩有更好的發展。

詩刊採同仁制，開始時有八十餘人，一年間就達到二百多人，幾乎每一縣市都有。而同時期的其他刊物，如《月光光》、《風箏》等，就沒有這麼多同仁，只維持在十幾二十人而已。

內容規畫是根據創刊的三個理念均衡發展，每期理論、創作、教學都有一定篇幅；教學方面還希望能逐期規畫指導方向，有時從題材，有時從體裁形式，有計畫性地讓指導老師知道明確的指導方式和方向。

《布穀鳥》的編排可說是創舉，每期都結合不同的畫家作插畫，不同書法家題字，還針對《布穀鳥》的刊名，收集一些知識性，如詩或翻譯短文，或關於布穀鳥的曲子，放在封底或封底內頁刊出。除了美術、音樂結合專題規畫等，還有紀念楊喚的兒童詩獎，也就是現在的「楊喚兒童文學獎」的前身。以當時來說，是最完備的一份詩刊，甚至還做到了彩色印刷。

一九八三年，林煥彰從台肥南港廠服務滿廿五年提前辦理退休，旋即應聘到聯合報副刊組擔任編輯。台肥是公家單位，工作輕鬆，只要工作做完不亂跑，就可以在辦公室內處理「布穀鳥」的編務，所以布穀鳥的資料、稿件都在林煥彰位於台北市仁愛路二段一號九樓（當時借調在經濟部某單位）的辦公室裡。但是在搬離辦公室的時候，這些資料打包好暫時先放在一樓騎樓，他再上去搬其他東西時，沒想到對別人來說只是廢紙的東西就不見了。裡面包括未出版的第十六期和一些通訊資料、帳册，對「布穀鳥」造成極大的影響。再加上當時工作調整，實在忙不過來，無心設法重新再編，就只好宣佈停刊。爲此，林煥彰深感惋惜。

令人深感安慰的是，當初合作的同仁，現在都成爲台灣兒童文學界的中堅。後來

「中華民國兒童文學學會」成立，這些同仁也成了基本創會的會員。有趣的是，「布穀鳥」停刊十多年，到現在，林煥彰還會收到投給《布穀鳥》的稿件，於是他經常要退稿，並同時附信說明《布穀鳥》已停刊，鼓勵投稿者繼續努力創作，投到其他刊物發表。

（有關《布穀鳥》的詳細資料，請參考「國立台東師院・教育研究所」郭子妃的碩士論文《〈布穀鳥兒童詩學季刊〉與兒童「詩教育」》，一九九八年六月。本文在此不贅述。）

四、「中華民國兒童文學學會」的創設與運作

一九八三年十月三十日，林煥彰應邀到韓國作兒童文學的專題演講，主辦單位是民間文化機構，叫「無窮花」。當時是爲慶祝該會二週年年會，地點在韓國釜山，有二、三十位釜山地區的兒童文學作家與會、交流。林煥彰發現韓國擁有許多全國性與地區性的兒童文學組織，兒童文學的出版品也很精美，讓他印象深刻。韓國戰後和台灣一樣政治經濟條件都相似，他們能做得那麼好，台灣應該也能，所以林煥彰興起了設立一個全國性的兒童文學組織的念頭。同年十二月二十三日，林煥彰發函邀請兒童

文學工作者林艮等三十人，發起籌組「中華民國兒童文學學會」，他擔任籌備會祕書。次年，學會正式在台北成立，他出任第一屆總幹事。一九九六年十二月他被選爲第五屆理事長。

「中華民國兒童文學學會」和「中國海峽兩岸兒童文學研究會」，以及「國語日報」三個民間團體，在一九九四年九月十四日共同發起成立「世界華文兒童文學資料館」，林煥彰任館長至今。該館以蒐集整理、典藏、陳列世界華文兒童文學的相關圖書資料爲宗旨，並且提供愛好者閱讀、研究，以及與世界各國相關機構交流。

「中華民國兒童文學學會」是台灣最大的全國性兒童文學組織，它在台灣兒童文學發展史上，扮演著重要的角色。

然而，和一般民間機構一樣，學會的人力和財力不足，尤其做事的人比錢還難找，錢可以設法去籌，但做事的人除了要有熱忱外，還要對兒童文學發展的遠景有認識和規畫的能力。可惜的是，會員雖多，眞正投入工作的人卻太少。肯犧牲奉獻的，總是少數的幾位，很容易產生疲乏之感。

學會有個良好的制度，也可以說是一種傳統，雖然會章沒有明文規定，但會員都有默契：理事長與祕書長做完一屆就不再連任，這是爲了促進學會的年輕化。但也有理念銜接的問題，以及經驗、想法上的差距。就算是有理念、有理想的人，也不可能一直做下去，因爲這是無給職的差事，長期做下去，自己的生涯規畫會受到影響。祕書的問題也很難解決，因爲這是一個繁重又必須單獨作業的工作，沒有升遷的機會，留不住人。像本屆在一年半的時間內就換了五位祕書，人剛訓練好，就要離職了，又得重新找人訓練。

五、海峽兩岸交流工作與獨資創辦《兒童文學家》季刊的理想

一九八八年成立的「大陸兒童文學研究會」，是「中國海峽兩岸兒童文學研究會」的前身。當時兩岸開放探親，可說是順應時機。在這之前，上海著名童話家洪汛濤曾來信表示交流的意願，雖然台灣有許多人對於同文同種的大陸兒童文學也很有興趣，但當時局勢不明朗，大家都有所顧忌。而香港和上海的兒童文學作家早有互訪活動，剛好一九八九年三月在香港舉辦香港與上海的兒童文學研討會，台灣有五位應邀參加。可惜的是，礙於文件辦理的手續問題，大陸作家陳伯吹等直到台灣的參加代表回到台灣他們都還沒進入香港。但在會上，台灣代表仍遇到另外幾位大陸兒童文學工作者，其中最重要的是安徽少年兒童出版社的社長呂思賢和作家小啦。後來洪汛濤積極與林煥彰等人聯絡，邀請他們去安徽開會。同年八月，林煥彰、謝武彰、陳木城、

杜榮琛、曾西霸、李潼和方素珍共七人前往參加「皖台兒童文學交流會」。這是一次破冰之旅，大陸、台灣的兒童文學工作者第一次正式接觸。

第二年五月，林煥彰等人再以「大陸兒童文學研究會」名義組團赴長沙，出席《小溪流》雜誌社主辦的「首屆世界華文兒童文學筆會」。一九九二年五月第三次也以「大陸兒童文學研究會」名義組團赴北京、天津進行兩岸兒童文學交流活動，分別舉辦兩場座談會。

爲了將「大陸兒童文學研究會」擴大組織，一九九二年二月十六日，林煥彰擔任發起人，召開「中國海峽兩岸兒童文學研究會」第一次籌備委員會議，並擔任主任委員。同年六月在台北召開成立大會，並於第一屆第一次理監事會議，當選理事長。同年八月率團赴昆明出席「昆明台北兒童文學研討會」，會後又赴廣州出席「中國兒童文學研討會」。次年八月率團赴成都出席「兩岸兒童文學研討會」。

林煥彰表示，交流就是彼此能認識、了解，除此之外，也是彼此的出版品能互相被閱讀。其影響可能無法具體說明，也可說是無形的。大陸在史料、理論方面很完整，而台灣在理論方面較弱，希望透過和大陸的交流，能給台灣兒童文學界帶來一點刺激。

除了和大陸交流，林煥彰也積極和其他國家進行交流，但礙於外國語言的掌握能力，到目前爲此，能做的仍然有限。在一九八三年十月三十日，林煥彰應邀到韓國作兒童文學的專題演講；一九八八年十月，應邀出席曼谷第十屆詩人大會，並提交論文；一九九〇年六月赴泰國曼谷出席第四屆亞洲華文作家會議，發表論文〈世界華文兒童文學的播種〉；同年八月，應韓國兒童文學學會會長李在徹教授邀請，出席「首屆亞細亞兒童文學筆會」，並提論文宣讀；一九九一年八月，應邀赴丹麥奧登塞市出席「首屆國際安徒生學術研討會」，參觀安徒生故居、博物館、研究中心；一九九二年十一月與信誼基金會合辦「亞洲華文兒童文學現況探討會」，邀請泰國、新加坡、馬來西亞、菲律賓、美國、加拿大等華文作家與會。可說是在台灣兒童文學與國外華文兒童文學工作者交流的工作上扮演了極重要的角色。

《兒童文學家》是林煥彰個人創辦的兒童文學專業期刊，當初他滿懷遠大的理想，期望它能做爲海內外華人的兒童文學發表園地，成爲一個較全面性、計畫性的刊物，而不是偏重於某一文類的發表。

當初他設定以兒童文學的理論、作家個人的作品介紹爲主，還包括史料方面的重視，希望透過這本刊物與大陸及海外作密切的交流，甚至曾在一九九一年八月二十二日帶著《兒童文學家》到丹麥安徒生的家鄉、紀念館去作交流。

過去台灣從事兒童文學的人社會地位低落，一方面是創作者本身的問題，以爲只要寫得較簡單的東西就算是兒童文學，因此早期多數的作品文學成就很低，禁不起討論。另一方面則是兒童文學作家的自我期許較低。要提高兒童文學工作者的社會地位，一定要先提高兒童文學作品的文學成就。創辦《兒童文學家》，就是要社會重視兒童文學家的貢獻，所以當時他堅持每期都要介紹一位兒童文學家，但後來交由他人編輯，想法不一樣，他也不便干預。《兒童文學家》剛開始出版時，是彩色印刷的，每期訂價一百元，但發行困難。後來改成黑白的，並乾脆用送的，但仍堅持每期介紹一位作家。十期以後，捐給「中國海峽兩岸兒童文學研究會」，就由該會全權管理了。

滿懷的理想和抱負無從實現，林煥彰非常感嘆。

六、對台東師院兒童文學研究所與台灣兒童文學發展的期許

對於國立台東師範學院成立「兒童文學研究所」，林煥彰抱持非常興奮、期待的精神。他相信研究所的成立對台灣兒童文學的發展會有很大的幫助。他二十多年來和同伴們辛辛苦苦地成立民間社團，推動兒童文學工作，然而體制外的團體沒有政府固定的經費支持，困難重重。現在台東師院有兒童文學研究所的成立，當然要寄以厚望，且認為一定會比以前做的更好才是。

在台東師院成立兒童文學研究所之前，林煥彰就曾經有一個構想：若將來有能力，找到適當的人力，他想辦一個兒童文學學院。這也是他最終的工作理想。既然現在兒童文學研究所已經成立，他覺得自己就不需要去實現這個構想了。他感嘆一個人的力量有限，而且自己年紀不輕了。他認爲台灣兒童文學要發展，一定要培養人才。以前的先驅者自己摸索，沒有正規的教育，一路走來非常辛苦，希望下一代有更好的環境，有正規的完整教育。

目前台東有兒童文學研究所，台中靜宜大學有兒童文學專業研究室，他認爲台北也應該要成立兒童文學的研究單位。而且台北有兩所師院，成立兒童文學研究單位並非不可能。

林煥彰指出目前擔任兒童文學課程的教授，幾乎都不是受專業兒童文學訓練出身的，可說是一種過渡期。等台東師院兒童文學研究所在三、五年後陸續有研究生畢業，可能少部分會出國唸書再拿學位，就可以回國教授兒童文學課程了。

台灣目前的兒童文學理論還沒有自己的架構，東師兒童文學研究所的成立帶來了很大的希望，不過師資的教學水準、課程設計的宏觀與否、學生的用功程度都是關鍵問題。他鼓勵研究生學習態度要更爲積極，除了得到基本兒童文學理論知識之外，更要向外探索，廣泛地吸取別人的經驗。

有一部分人認為台灣這幾十年來還沒有產生夠水準的作品可供研究，林煥彰表達了一位孜孜矻矻的創作者對理論研究者的不滿。他認為這是偏見，擺明瞧不起本土創作。一句話否定台灣四、五十年來兒童文學創作者的努力是不公平的。他認為台灣的兒童文學研究者應該正視本土的文本來作研究、分析，不應只是一味地抄襲外國的理論，介紹外國的經典作品，忽略了本土創作。

林煥彰表示，他在兒童文學的活動和過程是有階段性的，但整體還是有關聯的。每一個環節，每一個階段，都是為了往後作準備。他說，做得好不好是一回事，但盡心盡力去做就是了。

對於台灣兒童文學的發展，他抱持樂觀態度，他說，一方面年輕的創作者在不斷地努力，優異的作品不少，而且充滿潛力。再加上現在有比以前更好的出版機會。一個寫作者應勇於開拓創作的新領域。

兒童文學的發展與經濟的繁榮有必然的關係，有錢就會刺激出版業的發展，寫作者的機會也同時增加。他認為就台灣目前的經濟狀況，應該要有專業的兒童文學刊物，很遺憾的是，我們仍然沒有。

林煥彰表示，理想的作法是，要培養下一代的父母或甚至每一位國民，都來修習兒童文學課程，以避免製造社會的亂源。他在十幾年前就提出，政府應該借重人力資源，在各級學校辦理兒童文學作家駐校的活動，包括幼稚園、國小、國中、高中、大學。他認為，雖然這個理想史無前例，但並非不可能實現。

他期許台灣與國外的交流應該更頻繁、更積極。尤其未來新的一代外語能力比較好，將更有能力與外國交流，彼此比較、學習、觀摩，作觀念上的改變、技巧的提升，進而創造具有自己文化特色的好作品。

此外，他也希望政府能營造更好的大環境，包括創辦兒童文學刊物等，讓兒童文學工作者在努力奮發的同時，能有更好的舞台供他們發揮。

*　*　*　*　*

林煥彰先生從一位只有國小畢業，一封信也寫不通順的人，靠自己大量閱讀，一字一句地學習寫作，到現在成為一位兒童文學作家、現代詩人、畫家，其中的艱辛和毅力令人感佩。得到「中山文藝獎」的那一年，他已經快四十歲了。然而，他毅然決然把後半生奉獻給兒童文學事業，絲毫不因自己起步晚而氣餒。每每於心情低落時，他就在心中不斷思考自己的人生道路和方向，他有一首詩，就是抒寫這樣的心境：

剛熄燈是最暗的

現在我已習慣
逐漸明亮的四周

青年時經歷的無數次挫折，促使他閱讀大量哲學書籍，也漸漸培養出自己一套「適應哲學」的人生觀。因為現實生活的不如意，逼得他不得不勇敢，也讓他學會了更坦然、更無懼地面對生活中的挫折與逆境。

由於身兼數職，而且都是義務的，他每天總是忙著四處奔波，然而，他並不因此感到疲乏，依然樂觀且充滿活力地提出一個又一個的新構想，再一件一件地實現。他永不止息的熱情與行動力，毫不遑讓比他年少幾十歲的年輕人，實在讓人深深感動。

附錄

一、兒童文學活動年表

一九三九年

・八月十六日，生於台灣省宜蘭縣礁溪鄉

一九五七年

・在中華文藝函授學校選讀法律和政治（一個學期）

一九五七～一九五九年

・在中華文藝函授學校轉讀文藝（畢業）

一九五九年

・開始學習寫詩、畫畫

一九六五～一九六六年

・在中國文藝協會文藝創作研究班詩歌組研習（為期半年、結業）

一九六六～一九六九年

・創作有關童年的詩，周夢蝶、鄭愁予等認為有「童話」意味，將來可能被編入國小國語課本。把以上作品編成《童年的夢》，在一九七六年四月由光啓出版社出版。

一九七三年

・開始為兒童寫作

一九七四年

•爲了參加第一屆「洪建全兒童文學創作獎」童詩組徵稿，寫一本《妹妹的紅雨鞋》（廿首童詩），得了佳作獎。在一九七六年十二月由純文學出版社出版。

一九七五年

•〈妹妹的紅雨鞋〉獲洪建全兒童文學創作獎佳作

一九七七年

•〈樹、五月〉獲洪建全兒童文學創作獎佳作

一九七八年

•〈椰子樹〉獲洪建全兒童文學創作獎佳作

•十一月，《童年的夢》和《妹妹的紅雨鞋》獲得「中山文藝獎」（兒童文學類），開始推廣兒童詩的寫作。

一九七九年

•十二月童詩集《小河有一首歌》，由台北縣漢京文化事業公司印行。

一九八〇年

•三月十八日，與詩人舒蘭、薛林發起成立「布穀鳥兒童詩學社」，邀集二百餘位同好創辦《布穀鳥兒童詩學季刊》，擔任總編輯。

•七月七日，救國團台中市團委會聘請，擔任「台中市幼獅文藝營」講座，談「兒

童詩的欣賞與寫作」。

- 七月十四日，應救國團總團部與教育部聯合主辦「中小學教師復興文藝營」（淡水）聘請，擔任「兒童文學創作」課程講座。
- 應《少年週刊》總編輯顏炳耀邀請，主編該刊「兒童詩欣賞」專欄。
- 八月三日，應救國團台東縣團委會聘請，擔任「台東縣幼獅文藝營」講座，談「兒童詩的寫作」。
- 八月十八日應高雄市教育局聘請，擔任該市國民小學教師第二次「兒童文學研習會」講座，談「兒童詩的寫作」。
- 九月一日，應洪建全教育文化基金會聘請，擔任「第七屆洪建全兒童文學獎」評審委員。
- 十月，應台中市梅華文化事業有限公司總經理曾錦芳聘請，主編《梅華兒童叢書》。
- 應《作文月刊》邀請爲該刊主編「兒歌、童謠、童詩比較欣賞」專欄。
- 十一月十九日，應台北市南港國小邀請，談「兒童詩的寫作與教學」。
- 十一月二十六日，應板橋市莒光國小邀請，談「兒童詩的寫作與教學」。
- 十二月主編《布穀鳥兒童詩學叢書》。

一九八一年

- 一月廿四日，應台中市自由時報「快樂青年版」主編方光后邀請，爲該版撰寫「兒童詩比較欣賞」專欄，每週一篇。
- 二月十日，應宜蘭縣教育局聘請，擔任該縣「六十九學年度兒童文學研習會」講座，談「兒童詩的比較欣賞」。
- 應《兒童月刊》總編輯顏炳耀邀請，爲該刊主編「兒童詩」專欄。
- 四月四日，編著《兒童詩選讀》，由台北爾雅出版社出版。
- 八月，應邀改寫格林童話故事《說什麼就是什麼》，香港新雅文化事業有限公司印行。
- 九月，出版幼兒文學作品《咪咪喵》，由信誼出版社印行。

一九八二年

- 十二月廿日出版童詩集《壞松鼠》，台灣省政府教育廳印行。

一九八三年

- 在聯合報任副刊組編輯（至今）
- 八月，應台北市教育局聘請擔任國小教師兒童文學研習會講座（已連續五年）。
- 九月，出版兩本童詩集《牽著春天的手》和《大象和牠的小朋友》，台北好兒童教育雜誌社印行。

- 九月，編著《國小兒童詩歌選讀》（六册），由台中華仁出版社印行。
- 十月十日，《布穀鳥兒童詩學季刊》於出版第十五期後，忍痛停刊。
- 十月卅日，應邀到韓國作兒童文學專題演講。
- 十二月廿三日，發函邀請兒童文學工作者林亘等三十人，發起籌組「中華民國兒童文學學會」，任籌備會祕書。

一九八四年

- 十二月二三日，「中華民國兒童文學學會」在台北成立，任第一屆總幹事。
- 十二月，出版童話故事《螞蟻 一二三》、《大木偶》、《天氣圖》、《光與色》及童詩集《快樂是什麼》，由台北晶音有限公司印行。

一九八五年

- 三月廿日，出版幼兒童話《鵝媽媽的寶寶》，台灣省政府教育廳印行。
- 四月，出版《愛的童詩》，香港晶晶幼童教育出版社印行。
- 六月廿日，與林亘等合著《童詩五家》，由台北爾雅出版社印行。

一九八六年

- 鵝媽媽的寶貝：中華兒童叢書金書獎

- 九月廿六日，幼兒童話《鵝媽媽的寶寶》經評定獲得台灣省教育廳第四期中華兒童叢書文學類最佳寫作獎「金書獎」。
- 十月，編選《台灣兒童詩選》，嘉義全榮文化事業有限公司印行，附錄〈試論早期台灣兒童寫作的詩〉約二萬四千字。

一九八七年

- 四月，出版少年詩畫集《飛翔之歌》，台北幼獅文化公司印行。
- 五月廿日，出版幼兒童話《麻雀家的事》，台灣省政府教育廳印行。

一九八八年

- 三月，應聘規劃《全國兒童週刊》。任總編輯一年。
- 六月廿日，出版故事詩《敲敲打打的一天》，台灣省政府教育廳印行。
- 六月，出版《流浪的狗》，國語日報印行。
- 八月，出版圖畫書《爺爺和磊磊》和《嘰嘰喳喳的早晨》，台北親親文化公司印行。
- 九月十一日，與謝武彰、杜榮琛、陳木城、陳信元發起成立「大陸兒童文學研究會」，被公推爲會長，積極展開兩岸兒童文學交流及研究工作。

一九八九年

- 〈快樂的大傻瓜〉獲上海《少年報》讀者票選「小百花獎」

- 六月，出版生活故事《薇薇吃傻瓜》、《奇奇自己跌倒》、《魔鬼捉達達》、《大明小菡去上學》，高雄愛智圖書公司印行。
- 八月十一日，以大陸兒童文學研究會會長名義，首度率團訪問大陸，在合肥與安徽兒童文學研究會舉行「皖台兒童文學交流會」。
- 十二月，出版生活故事《給姊姊的禮物》，由台灣省政府教育廳印行。

一九九〇年

- 四月，童詩〈快樂的大傻瓜〉獲得上海《少年報》小讀者票選為「一九八九年小百花獎」詩歌組得獎作品之一。
- 四月四日，為《小狀元雜誌》製作「大陸兒童文學專輯」，選刊陳伯吹等童詩和童話，並抽印成單行本《精緻的奉獻》，同時發行。
- 四月廿日，出版童詩劇《三個問題的答案》、生活故事《給姊姊的禮物》、幼兒童話《母雞生蛋的話》，台灣省政府教育廳印行。
- 五月七日，以大陸兒童文學研究會名義組團赴長沙，出席《小溪流》雜誌社主辦「首屆世界華文兒童文學筆會」。
- 六月一日，以童詩〈小貓〉獲得第九屆（一九八九年）陳伯吹兒童文學獎（詩歌類）。

- 六月廿六日，赴泰國曼谷出席第四屆亞洲華文作家會議，提論文〈世界華文兒童文學的播種〉。
- 八月十日，應韓國兒童文學學會會長李在徹教授邀請，出席「首屆亞細亞兒童文學筆會」，並提論文宣讀。
- 十一月，應聘規劃《全國兒童樂園雜誌》（月刊），任總編輯。

一九九一年

- 一月一日，獨力創辦《兒童文學家》（季刊）創刊，任發行人，並親自規劃、編輯。
- 三月，加入美國加州 SCBW 兒童文學學會爲會員。
- 三月，應台北正中書局邀請主編《書夢》，同年六月發行。
- 八月廿三日，應邀赴丹麥奧登塞市出席「首屆國際安徒生學術研討會」，參觀安徒生故居、博物館、研究中心。
- 十月，《林煥彰兒童詩選》在大陸安徽少年兒童出版社印行，收錄一五〇首詩作。

一九九二年

- 一月，與大陸兒童文學家樊發稼、香港兒童文學家何紫主編《中國當代兒童文學作家小傳》，湖南少年兒童出版社印行。

- 二月十六日，召開「中國海峽兩岸兒童文學研究會」發起人及第一次籌備委員會議，擔任主任委員。
- 三月六日，赴海南島出席「世界華文幼兒文學研討會」，提論文發表。
- 五月三日，以大陸兒童文學研究會名義組團赴北京、天津進行兩岸兒童文學交流活動。
- 五月六日，北京中國社會科學院文學所當代室主辦「林煥彰兒童詩研討會」，有三十餘位學者專家與會，發表二十篇論文。
- 六月七日，「中國海峽兩岸兒童文學研究會」在台北成立，以籌備會主任委員身分主持成立大會。
- 六月廿一日，在台北光復書局會議室召開「中國海峽兩岸兒童文學研究會」第一屆第一次理監事會，當選理事長。
- 八月三日，率團赴昆明出席「昆明台北兒童文學研討會」，提論文發表。
- 八月十一日，率團赴廣州出席「中國兒童文學研討會」，提論文〈九〇年代台灣兒童文學發展趨勢〉發表，並主持討論。
- 十一月廿八日，以「中國海峽兩岸兒童文學研究會」名義，與信誼基金會合辦「亞洲華文兒童文學現況探討會」，邀請泰國、新加坡、馬來西亞、菲律賓、美國、加拿大等作家與會。

一九九三年

- 一月四日，童詩〈椰子樹〉和〈不要理他〉獲新加坡國家教育部課程發展署小學華文教材組編選爲四年級「深廣教材」課文。
- 八月十日，率團赴成都出席「兩岸兒童文學研討會」。
- 八月，主編台灣兒童詩選《借一百隻綿羊》，由台北民生報及四川少年兒童出版社同步出版。
- 十月，童詩集《我愛青蛙呱呱呱》，由台北小兵出版社印行。
- 十月，童詩集《春天飛出來》，由台灣省政府教育廳出版。
- 十一月，童詩集《回去看童年》，由台北國際少年村圖書公司出版。
- 十二月，兒童散文集《人生禮物》，由台北國際少年村圖書公司出版。

一九九四年

- 九月十四日，成立「世界華文兒童文學資料館」，被推舉爲館長。
- 童話詩《嘰嘰喳喳的早晨》英文版，由香港偉文出版社印行。
- 十二月，幼兒故事《三百個好朋友》，由大陸湖南少年兒童出版社印行。

一九九五年

- 生活故事〈坐飛機〉獲得「冰心兒童文學新作獎」。
- 四月，編著《我不是現在的我》，由正中書局印行。

一九九六年

- 以〈兩隻小松鼠〉童詩再度獲得上海《少年報》讀者票選「小百花獎」。
- 與杜榮琛合著史料《大陸新時期兒童文學》，由文化建設委員會印行。

一九九七年

- 八月五日，出席漢城第四屆亞洲兒童文學大會，擔任台北分會正代表。

一九九八年

- 三月，開始籌備召開第五屆亞洲兒童文學大會，擔任執行長。
- 四月，兒童文學論述集《拿什麼給下一代》，由宜蘭縣立文化中心印行。
- 十一月，兒童散文集《臭腳丫的日記》，由台北富春出版社印行，封面、插畫都親自完成。

一九九九年

- 一月，《妹妹的紅雨鞋》中英文版，由台北富春出版社印行。
- 五月一日，應聘擔任宜蘭市復興國中駐校作家，為期一週。

二、著（編）作目錄（兒童書部分）

書名	出版者	出版年月
童年的夢（童詩）	光啓社	一九七六年四月
妹妹的紅雨鞋（童詩）	純文學出版社	一九七六年十二月
小河有一首歌（童詩）	漢京文化公司	一九七九年一二月
童詩百首（編著）	爾雅出版社	一九八〇年三月
兒童詩選讀（編著）	爾雅出版社	一九八一年四月
說什麼就是什麼（改寫）	香港新雅文化公司	一九八一年八月
咪咪喵	信誼基金會	一九八一年九月
季節的詩（編著）	布穀出版社	一九八二年六月
壞松鼠（童詩）	省教育廳	一九八二年十二月
季節的詩（童詩）	布穀鳥詩社	一九八三年
牽著春天的手（童詩）	好兒童教育月刊社	一九八三年九月

大象和牠的小朋友（童詩）	好兒童教育月刊社	一九八三年九月
國小兒童詩歌選讀六册：咪咪動物兒歌年嘟嘟動物兒歌、朗朗生活童詩、咕咕動物兒歌、甜甜水果童詩、津津生活童話）（編著）	華仁出版社	一九八三年九月
快樂是什麼（童詩）	晶音幼童教育出版社	一九八四年十二月
螞蟻一二三	晶音幼童教育出版社	一九八四年十二月
光與色	晶音幼童教育出版社	一九八四年十二月
大木偶	晶音幼童教育出版社	一九八四年一二月
天氣圖	晶音幼童教育出版社	一九八四年十二月
鵝媽媽的寶寶	省教育廳	一九八五年三月
可愛的童詩（童詩）	晶音幼童教育出版社	一九八五年四月
童詩五家（合集）	爾雅出版社	一九八五年六月
痲雀家的故事	省教育廳	一九八五年七月
台灣兒童詩選（編著）	全榮出版公司	一九八六年十月
飛翔之歌（詩畫集）	幼獅文化公司	一九八七年四月

敲敲打打的一天	省教育廳	一九八八年六月
流浪的狗	國語日報	一九八八年六月
爺爺和磊磊	親親文化公司	一九八八年八月
嘰嘰喳喳的早晨	親親文化公司	一九八八年八月
給姊姊的禮物	省教育廳	一九八九年十二月
薇薇吃「傻瓜」	愛智圖畫有限公司	一九九〇年四月
奇奇自己跌倒的	愛智圖畫有限公司	一九九〇年四月
魔鬼捉達達	愛智圖畫有限公司	一九九〇年四月
大明小菡去上學	愛智圖畫有限公司	一九九〇年四月
母雞生蛋的話	省教育廳	一九九〇年四月
三個問題的答案	省教育廳	一九九〇年四月
書夢（兒童散文）（編著）	正中書局	一九九一年四月
林煥彰兒童詩選	安徽少兒社	一九九一年十月
春天飛出來（童詩）	省教育廳	一九九三年七月
借一百隻綿羊（簡體字版）（編著）	四川少兒社	一九九三年七月

回去看童年（童詩）	國際少年村出版公司	一九九三年八月
我愛青蛙呱呱呱（童詩）	小兵出版公司	一九九三年十月
借一百隻綿羊（編著）	民生報	一九九三年十一月
嘰嘰喳喳的早晨（英文）	香港偉文出版社	一九九四年
人生禮物（兒童散文）	國際少年村出版公司	一九九四年十月
三百個小朋友	湖南少兒社	一九九五年
我不是現在的我（兒童散文）	正中書局	一九九五年四月
大陸新時期兒童文學（合著）	文建會	一九九六年
拿什麼給下一代	宜蘭文化中心	一九九八年六月
臭腳丫的日記（兒童散文）	富春文化公司	一九九八年十一月
妹妹的紅雨鞋（中英文版）	富春文化公司	一九九九年一月
家是我放心的地方（童詩）	三民書局	一九九九年八月

三、報導與評論彙編

㈠報導部分

林煥彰　施善繼　龍族第十三期　民國六十三年十二月　頁四十一～四十二
兒童的大朋友——訪林煥彰先生　蔣家語　民生報　民國六十七年十一月十二日。
山也愛玩捉迷藏　夏祖麗　美國世界日報　民國六十八年一月二十九日
林煥彰熱衷於兒童詩　程榕寧　大華晚報　民國六十九年八月十日
從牧童到詩人：兒童文學耕耘者林煥彰的奮鬥歷程（上、下）　黃武忠　台灣時報第十二版　民國七十一年七月一、二日
林煥彰和他的兒童詩　鍾麗慧　明道文藝八十五期　民國七十二年四月　頁十四～十七
林煥彰寫牙膏也寫小貓耗子　張國立　中華日報第十一版　民國七十六年二月十一日
「童詩園地」的園丁——林煥彰　李淑滿　親職月刊期　民國七十六年六月
林煥彰：積極推動兒童詩　林煥彰　東師語文學刊第四期　民國八十年二月　頁二七八～二七九
從牧童、詩人到兒童文學作家　林煥彰　中國當代兒童文學作家小傳／湖南少年兒童出版社　民國八十一年　頁三三六～三三九

追逐夢想的人　淨光　國語日報第六版」民國八十五年九月十九日
見文苗圃兩岸灌溉有別　江中明　聯合報三十五版　民國八十五年十二月九日

㈡評論部分

這就是詩人林煥彰　砂越晚報副刊　民國六十二年九月十二日
可愛的兒童詩——妹妹的紅雨鞋　重提　青年戰士報　民國六十八年一月九日
兒童詩理論的奠基：從「妹妹的紅雨鞋」得獎談起　蕭蕭　台灣新聞報第十二版　民國六十八年四月十日
抒情的兒童詩——評林煥彰詩集「小河有一首歌」　趙天儀　國語日報　民國六十九年三月二十三日
評介「小河有一首歌」　馮輝岳　中央日報第十一版　民國六十九年四月二日
欣賞「小河有一首歌」　詹冰　台灣時報第十二版　民國六十九年五月九日
「童詩百首」讀後　洪中周　國語日報第三版　民國六十九年六月一日
評介「童詩百首」　馮輝丘　中央日報第十版　民國六十九年七月二日
評介「童詩百首」　何明　中央日報　民國六十九年七月八日
簡介「童詩百首」　丘秀芷　女性　民國六十九年八月　頁三十八

故事和詩　雪韻　國語日報第三十一版　民國六十九年八月二十四日

童詩百首　書評書目第八十九期　民國六十九年九月　頁七十七～七十八

評介「童詩百首」──一本老少感宜的詩集　杜榮琛　兒童文學　民國六十九年九月十三日　頁四

值得大家看的「兒童詩選讀」　林榮琛　中國語文四十九卷二期　民國七十年　頁七十～七十一

兒童的心靈與資源──推介「童詩百首」　黃龍泉　文藝月刊一四六期　民國七十年頁十七～二十九

童心．愛心與詩心：談林煥彰論「童詩百首」　思兼　台灣時報副刊　民國七十年一月三日

讀「童詩百首」　羊牧　中央日報副刊　民國七十年三月四日

林煥彰的兒童詩選讀　張騰蛟　中央日報第十版　民國七十年五月十二日

兒童詩的展望──兼評林煥彰先生的兒童詩選讀　利玉芳　自立晚報副刊　民國七十年七月十五日

童心，愛心與詩心──林煥彰「季節的詩」序　沈謙　季節的詩　民國七十一年六月六日　頁六～十

爲「妹妹的紅雨鞋」鼓掌　小民　中央日報晨鐘版　民國七十二年一月十四日

成人讀童詩——讀「兒童詩選讀」　羊牧　中央日報晨鐘版　民國七十二年一月十四日

清新的風・甜美的泉——讀台灣林良　三人的兒童詩　陳文祥　台灣碗集刊第三期　民國七十八年　頁八十九～九十三

走在沙漠上看星星——童詩五家　陳千武　笠第一二九期　民國七十四年十月　頁九十八～一〇二

林煥彰的動物兒詩　聰聰　師友三〇六期　民國八十一年十二月　頁二十八～二十九

一顆靈敏的愛心——讀《林煥彰兒童詩選》　金波　幼獅文藝七十七卷四期　民國八十二年　頁四十一～四十七

兒童詩的審美尺度淺義：兼評林煥彰的兒童詩　劉丙鈞　國語日報第八版　民國八十二年七月十八日

現代詩與兒童詩之間的藝術連結——試論林煥彰七十年代的創作轉換及其涵意　班馬　亞洲華文作家雜誌三十八期　八十二年九月　頁一四〇～一七一

Saying it with poetry and painting: Lin Huan-chang and hin world of art（林煥彰的兒童畫與詩）　鄭永康　Chinese pen 九十二期　民國八十四年三月十五日　頁

十九～二十七

新世代兒童詩審美空間的拓展（上）——兼論林煥彰兒童詩中的「宇宙意識」　謝采筏　國語日報第十三版　民國八十五年八月四日

新世代兒童詩審美空間的拓展（中）——兼論林煥彰兒童詩中的「宇宙意識」　謝采筏　國語日報第十三版　民國八十五年八月十一日

新世代兒童詩審美空間的拓展（下）——兼論林煥彰兒童詩中的「宇宙意識」　謝采筏　國語日報第十三版　民國八十五年八月十八日

我們看一本書要看它的本質或特質，有沒有以兒童為本位？有沒有反應時代？有沒有民族風格？文學技巧好不好？……

—— 許義宗

☞許義宗

兒童文學園地裡的小園丁——

許義宗專訪

地點：台北信義路許義宗先生住家書房
日期：一九九九年（民八十八年）二月一日
時間：上午十點～下午二點
訪問者：洪美珍
執筆者：洪美珍

許義宗，筆名小園丁、文樓，台灣省桃園縣人，一九四四年生。台北師範普通科、台灣師範大學三民主義研究所畢業。曾任國小教師、師專、師院、大學講師、副教授、北市師專圖書館主任、中國語文學會理事、中國幼教學會理事、中華民國兒童文學學會理事。曾當選全國優秀青年、全省特殊優良教師，並曾獲頒中國文藝協會文藝獎章、中山文藝獎理論獎、中國語文獎章、教育部青年研究著作獎。主編過《小鴿子》、《桃縣兒童》等兒童雜誌及《現代兒童文學創作專輯》、《中國民間故事》等套書。著有兒童故事《母親的吻》（一九六四年）、《小狐狸學打獵》（一九七三年）、兒歌集《媽媽我愛您》（一九七九年）、《小花狗愛看花》等，兒童文學研究《兒童文學論》（一九七七年）、《兒童閱讀研究》（一九七七年）、《西洋兒童文學史》（一九七八年）、《兒童詩的理論與發展》（一九七八年）、《兒童文學名著賞析》（一九八三年）、《各國兒童文學研究》（一九八五年）、《方寸兒童文學》（一九九五年）等。

許義宗先生不論是在兒童文學理論的論述，或是兒童文學作品的創作上都相當豐富、多樣，對於早期剛起步的台灣兒童文學發展有著重要的導引和先驅的意義。同時他所從事的台灣兒童文學史料收集與分析、兒童文學理論的論述與建構，更為後來的研究者作了基礎的奠基工作。為了更清楚了解許義宗先生在兒童文學領域上的耕耘過程，於是安排了此次的訪談。

* * * * *

——談談您個人最近在兒童文學領域的研究？

最近這幾年我在兒童文學方面的著墨較少，有很多因素。比較重要的原因有二：

一是雙親往生，心情悲痛，經常難以平衡。一是我計畫著作出版一系列的貨幣發展專書五本。我對自己有一個期許，就是別人比較不喜歡做的、不願做的、不能做的，我樂意去做。我大概做的都是比較務實、基礎的工作，這是我做事努力的方向。所以這幾年兒童文學的著作出版的只有一本《方寸兒童文學》，一方面是紀念母親的恩澤；另一方面也是我對兒童文學基本理念的呈現，用簡單扼要的方式呈現我的兒童觀、文學觀、教育觀的書。雖然在兒童文學領域的著墨較少，但我並沒有停止和兒童文學相關的工作。我曾多次受邀演講，從科際整合的角度去探討兒童文學的問題，講題較富前瞻性、開拓性。我也曾從《西遊記》、〈桃太郎〉的故事探討中國和日本的文學教育、從社會變遷談兒童文學的走向、從兒童文學角度探索孩子生命力的呈現……等。

——《方寸兒童文學》一書是結合了郵票與文字來呈現兒童文學，爲什麼會有這樣的構想？

這跟每個人的行事風格有關。首先我喜歡集郵，多年來也確實累積了不少材料，當這些材料累積到一定程度，便產生寫作這本書的構想。我希望透過具體化、生活化，並且避免教條式的說明，讓原本被人認爲是嚴肅的議題，變得易懂、易親近。我對於相關的東西都會去留意，一般人會覺得兒童文學就是兒童文學，很少會去了解兒童文學與其他學術的關係，但未來的走向是多元的，科際之間的整合無法被忽略。如果文學作品無法落實、生根，無法與兒童或羣衆結合，這樣文學將是懸空的。有人說現在的大人與兒童對於文學的感受或需求不是那麼强烈，我們不能怪兒童、讀者或羣衆，我們要思考的是文學作品是不是「曲高和寡」？我認爲文學作品之所以能深植人心就是因爲它的感動力，因此我用這種方式呈現。我不敢說我的書很特殊，但的的確確是日積月累的成果。這本書看起來很簡單，但卻跨了幾個領域，包括你要有集郵知識、豐富的集郵經驗及管道、懂兒童文學、而且要能緊密的把兩者結合在一起。兒童文學發展到現在，如果你要寫一本廣泛探討兒童文學的書籍，就要有特色與超越，否則就是陳陳相因。

——早期爲何會投身兒童文學史料收集？在當時資料收集的困難？

我的理念很簡單：一個人必須懂得自己所處的時空背景。在五〇、六〇年代，因爲兒童文學的研究一片荒蕪，便要做一些奠基的工作，讓後面的人來乘涼。奠基者所做的就是這些基石工作，我不敢說我對兒童文學有什麼樣的貢獻，但是我不管對台灣的兒童文學、或整個沒有國界的兒童文學，我都在做奠基的工作。例如目前兒童文學史的研究，一定要依靠前人建立起基本的資料，我們不能蒙蔽一個事實，當資料愈多，就愈容易寫，且寫得愈豐富、愈精彩、愈有內容。我的《兒童文學論》（一九七七年）裡提到兒童圖畫書，爲了要寫這部分，我就必須去找出台灣早期研究圖畫書的有那幾篇文章。這本書後來得到「中山文藝獎」的肯定，評審的意見就是「作者用實際的經驗來堆砌理論的建構」。

資料的收集確實很難，但是就是要作這樣的事情。有很多的資料是要自己建立的。過去中國的資料相當少，一部分要仰賴來自西方的資料，外文有移植性，移植後加以融會貫通。沒有人可以獨自創造發明，一定要有所憑藉，但也不能人云亦云，必須透過歷史觀，來看歷史的發展，而不是盲目的跟隨別人的看法。胡適先生說過：「有八分證據，說七分話。」這句話有它一定的道理。

——是否有人啓發了您對兒童文學的興趣？

我認爲童年跟個人以後的人生發展有某種程度的關係。我的母親是天生的兒童文學工作者，晚上常講故事給我們聽，所以我小時候第一個聽到的故事是媽媽說的，她所講的都是台灣的民間故事，如〈虎姑婆〉、〈好鼻師〉（台語）、〈順風耳〉……等等。另外我對於語言的興趣也要歸功於我母親，因爲她透過台灣童謠，讓我體驗到語言的美感而沈醉其中，而與語言、文字的美感結下不解之緣。

——可否請您談談您與兒童文學的因緣，以及接觸兒童文學的過程？

我小時候就喜歡收集東西。我收集聖誕卡，那時聖誕卡很少，到教會去做禮拜完之後會分卡片，我到教會的目的就是要拿到卡片。那些卡片帶給我文藝的氣氛，因爲上面有很多美麗的畫面，因此以後對於美好的事物我都非常的執著。去教會的一個附帶效果是因爲牧師很會講故事，如〈出埃及記〉、〈諾亞方舟〉等，讓我對故事著迷。在小學一到三年級時，老師也常講「格林童話」、「安徒生童話」故事。國小五、六年級的時候，我最喜歡讀「學友」、「東方少年」，這些雜誌帶給我們很多文學上的滋潤。

初中階段我開始在學校的刊物發表文章，同時也看了很多的文學作品，到了一九六〇年進入台北師範，碰到了幾個老師都和國語日報社有關係，像魏廉／魏訥老師、郭寶玉老師、邢宗訓老師等。當時我們這些學生都被鼓勵寫稿子，同時老師也指導我們如何去欣賞、分析一篇篇的兒童文學作品。當時那宗訓老師主編《新生兒童》，有一個專欄叫〈兒童文學經典名著的賞析〉，藉此指導我們。老師會告訴我們，那個地方忽略了，那個地方值得稱讚，在這種情形下我成長很多。一個作品我會讀很多遍，我先掌握主題呈現，然後是角色的塑造、情節的安排、背景的設計、語言的應用、動作的描繪、整體的呈現、特色的突顯。而《兒童文學名著賞析》這本書便是我從師範學校開始，歷經擔任小學教師的階段，到就讀師範大學的幾年間的成果，長達十年的時間。後來請一些大小朋友當作第一讀者，票選所有的作品中比較感動的、喜歡的，而歸結成《兒童文學名著賞析》（西洋篇）。師範學校畢業後就出了《母親的吻》。這本書是我在台北師範學校時發表的文章，系統的歸結後出書，當時語文大師齊鐵恨先生還幫我題字，鼓勵我。

從老師及雜誌中帶給我很多文學的養分，而不斷閱讀作品的結果，人的思想也慢慢跟著改變。這種改變會造成一個人思想層次的提升，不致於停滯在第一層的只會收集資料而已，而是能將收集的東西或學問，將之系統化，建構成有組織性的東西，然後學以致用。文學作品帶給人的除了感情的滋養外，更重要的是理性的養成——就是會思想，不只會站在自己的角度看自己，也會站在自己的角度看別人，更懂得站在別人的角度看自己，同時也站在別人的角度看別人。這會導引你去思考你要做什麼樣的人。兒童文學在我心中原本只是一個雛形，在進入師範後才定型。我並非心甘情願唸師範，但我進到師範後，努力吸納一切可能的養料，因此兒童文學才定型。亦即我原本無意走上這條路，這條路並非唯一的路，但是對我而言卻是一條重要的路。

師範畢業後我回母校教書，在國民小學教書的階段，可以說是我人生最輝煌的時期。因爲和小朋友生活結合在一起，有更多的感動、更多的靈性，促使我寫了一些作品，在往後彙集出書。在小學任教階段，跟兒童有更好的接觸，更能體會兒童文學的魅力，以及兒童文學應該的走向。其次我嘗試各種不同文體的寫作，從不同角度，從文體、寫作方式、不同的觀點看兒童文學，使我自己對於兒童文學能有全方位、多面向的考慮，試圖從中建構兒童文學理論的結構。同時我也和其他國小教師以文會友、以筆交心，用這種方式，將早期難以出版的書出版。在這時期也主編了桃園縣國小聯合校刊，分初、中、高年級來出版。我除了寫作兒童文學之外，也開始推展兒童文學工作。這個時期的成果是豐盛的，得到了不少肯定，包括獲得青年獎章、特殊優良教師等榮譽。

保送師範大學後我更加積極，很多兒童文學作品都是在這時期發表。師大畢業後到師專教書，開始教授兒童文學課程。除了寫作外，也主編叢書，如《現代兒童文學創作專輯》（榮獲行政院新聞局「金鼎獎」），另外也主編古典作品的整理，如《民間故事專輯》等書籍。

——能否談談您對兒童文學的理念及看法？

我認爲文學是多樣性的。有些東西是某些人所欣賞的，但也必然有一些是不被喜愛的，但你不喜愛不代表沒有價值。所以我們看一本書要看書的本質或特質，它有沒有以兒童爲本位？有沒有反應時代？有沒有民族風格？文學技巧好不好？我們要思考能不能讓我們的下一代有更好的語言樂趣、有更大的文學成長空間。

一篇好的兒童文學作品，要能得到不同年齡階段的人的喝采與共鳴，不是只有兒童共鳴而已。兒童文學的概念不應只是兒童的文學，兒童文學是所有人的文學，只不過因爲它比較强調讓兒童能獲得較多的滋養，而能體會文學中的美感，需要用比較淺白的方式讓兒童接受。

——目前台灣在兒童文學的發展走向及其困難？

我認爲台灣兒童文學的發展有四個走向：兒童本位、民族風格、反應時代、文學技巧。兒童文學不能只定義在狹隘的範圍，文學必須與戲劇、繪畫、音樂結合才能符合未來兒童的需求，同時也要和影像及電腦結合。兒童文學的發展靠的不只是兒童文學作家的努力而已，很重要的一點是社會大眾的文化層面能否提升，是整體文化的問題。閱讀人口多，相對的買書的人就多。我們要發展兒童圖書館事業，西方的兒童文學之所以發達，和兒童圖書館有絕對密切的關係，可是出版社的書要有人買才能不斷的出版。除了兒童文學作家的努力外，整個社會的文化是否能提升是一個很重要的關鍵。

其次我們雖然沒有辦法一下子把社會的讀書風氣很有效的調整，但是兒童文學作家還是要不斷的努力，把自己的視野放廣，吸納外國、本國作品的優點，然後自問應該有什麼樣的突創性，呈現自己的特色。一個作品要有特色並非一蹴可幾，是需要某一階段的努力或長時間的經驗累積。也要作多面向的考量，不要只有在童話、童詩打轉。一窩蜂的創作童詩、童話，其他不重要嗎？其他的沒有魅力嗎？沒有發展的可能嗎？此外更要廣泛地開拓自己的學習領域，不要迷信權威，多方面比較、深究，不要只聽信一家之言。另外我也要呼籲老作家或成名的作家，不要把兒童文學當成是難度高的東西。我們看到很多得到諾貝爾獎的作家，都或多或少會回想童年，寫下童年的境遇，不管是苦痛的、喜悅的，都可以洗滌人生，讓閱讀你的作品的人得到啓示。所以文學作家們應繼續努力，應繼續堅持。

* * * * *

許義宗先生對於兒童文學的熱愛與關心，在筆者訪問的言談及資料的分享中表露無疑，雖然此次的簡短訪問只能對許義宗先生在兒童文學領域的耕耘，作極為粗淺的認識與了解，但許義宗先生穩健、紮實的治學態度和風範，卻令人印象深刻。

聽著前輩打開記憶之窗，娓娓敘說著他和兒童文學間的種種，對這些早期在兒童文學領域上開拓的先行者，不知不覺中油然地升起敬佩之意。這些走在荊棘路上的先鋒，為今日的台灣兒童文學所付出的心血與努力實在令人感動。而他們為兒童文學所做的努力更值得我們學習與喝采。

附錄

一、兒童文學活動年表

一九四四年二月十六日

•生於台灣省桃園縣。

一九六三年

•省立台北師範學校畢業。

•六月，寫作〈最快活的人〉，發表於《國語日報．兒童版》。自此即嘗試創作、改寫、譯述各種兒童文學作品。

•八月，執教桃園縣大園國民學校。

一九六四年

•九月，《母親的吻》爲第一本兒童文學寫作嘗試集。

•十二月，榮獲省立新竹師範學校主辦桃、竹、苗三縣國校教師兒童故事寫作比賽第一名。

一九六五年

•五月，編著《公民與道德故事集》低、中、高年級三册，著重以文學啓發兒童致良知。

•八月，主編桃園周刊「兒童樂園版」爲農村兒童提供精神食糧。

一九六六年

- 元月，創辦《小鴿子》兒童期刊，十月擴大爲《桃縣兒童》，擔任主編工作。
- 三月，因研究兒童文學對國家社會有特殊貢獻，在青年節全國大會接受表揚，並受贈青年獎章。
- 四月，與文友黃基博、藍祥雲、傅林統等人合編《玉梅的心》。
- 九月，當選第二屆台灣省特殊優良教師。並編印《小鹿逃命吧》、《小青蛙歷險記》兩本動物故事集。

一九六九年

- 十二月，膺選全國優秀青年。

一九七〇年

- 三月，印贈少年勵志文集《前進的指標》一書，給少年朋友。
- 六月，出版《兒童作文初階》。
- 九月，保送師大就讀，開始從實際的寫作經驗、鎔鑄理論，建立兒童文學體系，並陸續發表。

一九七三年

- 十月在中央副刊發表〈兒童文學的展望〉呼籲大家重視我國兒童文學的發展。
- 十二月，《小狐狸學打獵》出版。

一九七四年
•八月，受聘任教台北市立女子師範專科學校，講授「幼稚園語文科教材教法」課程，並兼代夜間部課務主任。

一九七五年
•二月，在中央研究院附設幼稚園主辦兒童文學文友座談會，主題為「兒童文學發展的趨勢與開拓方向」，參加文友有林良、林鍾隆等人。

一九七六年
•九月，擔任台北市立女子師專及淡江文理學院「兒童文學社」指導教師。
•十二月，出版《我國兒童文學的演進與展望》。

一九七七年
•元月，出版《兒童文學論》。
•五月，榮獲中國文藝協會文藝獎。
•六月，出版《兒童閱讀研究》，並承美國國會圖書館函索典藏。
•十一月，榮獲中山文藝理論獎。

一九七八年
•六月，出版《西洋兒童文學史》。

• 十一月，因致力國語文教育工作受教育部頒獎，同月榮獲中國語文學會「中國語文獎章」。

一九七九年

• 二月，出版《幼兒單元活動指導計畫》（著重文學感動與語言品味）。
• 七月，受中山學術文化基金會獎助，出版《兒童詩的理論與發展》。
• 九月，配合國際兒童年出版兒歌創作紀念專輯《媽媽我愛您》、《小花狗愛看花》，同月在市立師專音樂科講授「兒童歌謠研究」，並編撰大綱一冊。
• 十一月，當選中國語文學會理事。
• 十二月，主編《兒童文學創作專輯》三十冊，呈現當代兒童文學成果。

一九八〇年

• 二月，獲頒童子軍木章。
• 四月，與江文雄先生合寫《幼兒教育通論》。
• 六月，發表〈各國兒童文學研究導論〉論文一篇於《台北市立師專學報》第十二期。
• 九月，擔任市立師專「兒童文學」課程。

一九八一年

• 三月，出版《世界的兒童觀》（兒童圖畫書）。

• 九月，主編黎明版《中國民間故事集》十冊。
• 十二月，參加全國第三次文藝會談。

一九八二年

• 二月，出版《幼兒說話指導》。
• 四月，榮獲教育部張雪門幼教獎金。
• 九月，當選全國十大傑出青年。

一九八三年

• 四月，在國立師範大學主辦的「兒童圖書館研討會」發表論文〈我國兒童讀物的現況及改進〉。
• 十月，出版《兒童文學名著賞析》。

一九八四年

• 四月，編撰《我國幼稚園教育現況調查研究》爲教育部教育計畫小組出版。

一九八五年

• 《各國兒童文學研究》出版。

一九八七年

• 三月，出版《聽！那是什麼聲音》（兒童圖畫書）。

一九八八年

•元月，出版《幼兒語文教育論集》。

一九九二年

•出版《幼兒故事的內容與編選》。

一九九五年

•九月，出版《方寸兒童文學》。

*註：上表資訊摘錄整理自：國家圖書館網站「當代文學史料」資料庫中，許義宗先生的手稿，並經許義宗先生初步修改校對。

二、著作目錄（兒童文學部分）

書名	出版者	出版年月
母親的吻	永安出版社	一九六四年九月
動物世界	永安出版社	一九六五年
公民與道德故事集	青文出版社	一九六五年五月

中華民族的故事	永安出版社	一九六六年十月
前進的指標	永安出版社	一九七〇年三月
兒童作文初階	永安出版社	一九七〇年六月
小狐狸學打獵	國語日報	一九七三年十二月
我國兒童文學的演進與展望	著者自印	一九七六年十二月
兒童文學論	中華色研出版社	一九七七年一月
兒童閱讀研究	台北市立女師專	一九七七年六月
西洋兒童文學史	台北市立女師專	一九七八年六月
幼兒單元活動指導計畫	理科出版社	一九七九年二月
兒童詩的理論與發展	中山文化基金會	一九七九年七月
媽媽我愛您	中華色研出版社	一九七九年九月
小花狗愛看花	中華色研出版社	一九七九年九月
星星的母親	成文出版社	一九七九年十二月
幼兒教育通論（與江文雄合寫）	幼教出版社	一九八〇年四月
各國兒童文學研究導論	台北市立女師專	一九八〇年六月

世界的兒童觀	樹人出版社	一九八一年三月
世界兒童觀：欣賞國際兒童年郵票	樹人出版社	一九八一年
我國兒童讀物的現況及改進	國立台灣師範大學	一九八三年四月
我國兒童文學的演進與展望	行政院文建會	一九八三年四月
兒童文學名著賞析	黎明文化公司	一九八三年十月
芒果樹的故事	水牛出版社	一九八四年
各國兒童文學研究	三民書局	一九八五年五月
聽！那是什麼聲音（兒童圖畫書）	理科出版社	一九八七年
方寸兒童文學	圓融文化基金	一九九五年九月

三、報導與評論彙編

(一)報導部分

鼓勵學生投稿，啓發作文興趣——許義宗老師三年有成　劉震慰　台灣新生報三版

一九六六年三月二十六日

埋頭創作兒童讀物，從眞善美啓發人生——模範青年許義宗今天接收表揚　吳心白　聯合報　一九六六年三月二十九日

辛勤卓越的小園丁　曾信雄　國語日報三版　一九七二年五月廿一日

兒童文學，寂寞園地，回顧歷史，茁壯不易——有心人辛勤耕耘，欣見枯枝生蓓蕾　邱傑　聯合報七版　一九七七年四月一日

致力研究兒童文學，散發光熱滋潤幼苗，許義宗獲選十傑實至名歸　稽春聲　中華日報三版　一九八二年九月廿一日

作育新生代，重建赤子心，許義宗醉心兒童教育默默耕耘，榮獲十大傑出青年成就獲肯定　林炯仁　台灣日報三版　一九八二年九月廿七日

㈡評論部分

評介《兒童文學論》　林桐　國語日報三版　一九七七年一月卅日

我讀《兒童文學論》　劉惠明　中華日報九版　一九七七年四月廿八日

《兒童文學論》簡介　羅枝土　國教世紀十三卷四期　一九七七年十月卅一日

評介《兒童文學論》　馮輝岳　青年戰士報十版　一九七九年二月廿一日

創新兒童讀物兼介《兒童詩的理論與發展》　馮輝岳　青年戰士報十版　一九七九年二月廿四日
評介《兒童詩的理論與發展》　羅枝士　國語日報三版　一九七九年十一月四日
推介《兒童詩的理論與發展》　羅枝士　中國語文四十六卷三期　一九八〇年三月　頁十六～十七
一部特出的報導文學，評許著《世界的兒童觀》　龔湘萍　中華日報十版　一九八一年
推介兩種優良讀物（嚴友梅《兒童讀唐詩》、許義宗《世界的兒童觀》）　如眉　中國語文四十八卷六期　一九八一年六月　頁六十四～六十五
評介《世界的兒童觀──欣賞國際兒童年郵票》　徐瀅　師友二〇九期　一九八四年十一日　頁五十六～五十七
提撥專款倡導兒童藝文活動對培養美育具鼓舞作用　徐開塵　民生報九版　一九八五年一月十二日

一般人談到「教育性」，通常認為作品應該是正面的、積極的、強化的，不能寫壞的、惡的、醜陋的一面。然而環顧偉大的文學作品，便可發現其中常對人性作無情的解剖，而我們卻能從中得到很大的啟發……

—— 桂文亞

☞桂文亞

桂文亞專訪

——帶領孩子們環遊世界的思想貓——

◎第一次訪問

地點：台東師院．新國際會議廳

日期：一九九八年三月廿七日

時間：下午一點

訪問者：王貞芳

◎第二次訪問

地點：民生報社（採電話訪問方式）

日期：一九九九年三月八日及三月十二日

時間：晚上九點～十二點

訪問者：吳文薰

總執筆：吳文薰

桂文亞女士現任「民生報．少年兒童組」主任暨「少年兒童叢書」主編，是一位兒童文學界資深的編輯，亦是一位辛勤耕耘的兒童文學作家。除此之外，她更是推動兩岸兒童文學交流不可多得的指標性人物；多年來，她運用了報紙及出版品雙方面的推動，使得海峽兩岸的兒童文學作品有了廣泛、實質的交流。現今海峽兩岸的兒童文學界交流頻繁，桂文亞女士功不可沒。

在本篇訪問稿中，我們特請桂文亞女士細談她走入兒童文學的緣由、及她推動兩岸交流的心得；此外，更有她對於有志從事兒童文學工作者的一番鼓勵。其實，文學工作的路途原本就是艱辛的，桂文亞女士身兼數職外，仍堅持不斷創作，輕鬆的言談間充分表現了她的認真與執著，這是頗值得感佩與學習之處。

* * * * *

關於兒童文學

——您如何走進兒童文學的領域？

我原本從事的是成人文學的編輯、創作，及報導文學的寫作工作，一九八三年轉調《民生報》主編「兒童版」時，才開始對兒童文學產生興趣。兒童文學是我之前未接觸的新領域，它和成人文學的領域不同，不久我就發現兒童文學的工作領域比較符合自己的本性，於是決定放棄成人文學，專心兒童文學的編輯工作。

──您認為兒童文學作品中，是否應有意識地具備教育性？

兒童文學作家應不同於其他領域的作家，而具備有某種「自覺性」──這不僅是教育性或非教育性的問題。文學的最高價值，是在提昇人性，透過作品將人性的光輝或人生的種種苦難揭示出來，從而得到一種提昇的力量。一般人談到「教育性」，通常是指作品應該是正面的、積極的、強化的，不能寫壞的、惡的、醜陋的一面給孩子們看。然而環顧一下偉大的文學作品，便可發現其中常對人性作無情的解剖，而我們卻能從中得到很大的啓發。因為這些無情解剖的背後，都是為了追求人生的眞理與智慧，這是文學家最終追求的目標。兒童文學作品也是一樣，只是它的表現方式較為特殊。

為什麼特殊？因為它面對的對象是兒童，牽涉到兒童經驗的問題，不能像成人文學這樣毫無拘束地寫，比如在文筆上不能夠太新潮、結構上不能太複雜、人物上也無法做太深刻的剖析……。兒童的心靈尚幼小，比如說大人可以喝烈酒，小孩頂多啜兩口葡萄酒，所以給他們的東西必須要有一個「精心調配」的過程，這就是我所謂兒童文學作家的「自覺性」。寫作的過程必須是理性的，而且經過相當的文學訓練，並非寫得「淺」就是「兒童文學」；也不是把東西寫得比較浮面或顯出「光明面」，就能算是兒童文學。

——您剛才提到有關兒童經驗的問題，那麼您認爲諸如死亡、犯罪等題材，適不適合呈現於兒童的讀物中？

我覺得寫作的層面有三個高度：一是語言的、二是藝術的、三是思想的高度，而表現手法越高，越不受題材的限制。兒童不能很理性看待死亡，但他的確「看過」死亡，對於死亡一定有很多的困惑。而一位優秀的兒童文學作者，應該關心這樣的問題，因爲兒童能早些認識到人生的面貌是好的。但是要用怎麼樣的手法認識這些呢？我在《二郎橋那個野丫頭》裡就有好幾篇關於生離死別的作品，這個部分其實不需要迴避。現在有很多孩子天天面對著父親的權威、父母親的婚姻失和等等難題，文學作品能夠幫助兒童面對心靈的成長，給他們精神力量。

——您希望您的攝影散文作品，帶給孩子什麼樣的影響？還有，這樣的作品中，您認為知識性與趣味性孰重？

任何文學作品，我以為引起兒童閱讀的興趣是第一要務，「趣味」的營造是一種寫作的智慧，尤其是兒童文學，一定要「又好吃又營養」才好。就我而言，比較重視閱讀的趣味與享受，至於能不能做到是另一回事。要引起孩子的興趣，寫作的原創性必定要相當高，而營造藝術美感，也應視為兒童文學的本質之一。

我們應該讓孩子體會什麼是「美」——這美不一定是視覺上的「好看」，而是一種感動的感覺，使得最後能促成一種行善的力量。如果從「形式」來講，我從小就是一個喜愛藝術的人，雖然沒什麼機會拿起畫筆，但在潛移默化之中，自然而然對影像也充滿興趣。特別是眼睛可以看到的美，幾乎成為生活的一種追求和享受。文字與圖像的相互滲透與參照，成為我表現思想、情感的一種新的文學表現方式，它讓我更能滿足傳達上的完整感。至於帶給孩子什麼影響，可能就是一種對美好感覺的關心和重視吧！而知識與趣味孰重？我以為趣味為先、知識隨後，二者相輔相成、兼具是最理想的。

——方才您提到關於「美」的表現，身為一位作家與編輯，您認為兒童文學作品在文字上的基本要求為何？

當然第一用字要正確、合乎語法，並能流暢的運用文字，清楚、明白、又有創意。例如好文章不該大量引用成語、或一般人都想得出來的詞彙。文章的意象要創新，作者的想像力就要豐富。比如當大家說「月亮像銀盤」時，你就該說「月亮像檸檬」吧！如果你只複製大家在用的成語、俗話，那就了無新意了。還有，文字上要簡鍊、明快一些，長篇累牘和吊書袋兒都沒意思。現在還有一些「主題先行」的想法，就是先想好主題再去創作，在此，我還是認為「教育性」的主題不宜强調。也不必「裝得」跟現在的小孩很接近的樣子，我不大同意有些作家不論小孩在流行什麼，統統把它寫到兒童文學裡面，我們應該帶動時潮、創造時潮，而不是跟著流行「媚俗」。

關於創作

——您的作品多以少年散文為主，有沒有想過其他的文體，如小說？

小說，我也寫過的，過去寫過成人小說，最近的《二郎橋那個野丫頭》基本上是兒童小說。但是，散文對我來說，是比較容易入手的文體，因爲它隨處都可以寫，隨處都有題材。我並不執著於寫任何一種體裁，只是下筆的時候，在氣質上它就是個散文。而兒童散文本身也可以有很多主題，只是作家會著眼於他生活經驗中最熟悉、也最有感覺的主題。當然，以小朋友的學校生活、家庭生活、朋友之間的相處爲主題的話，是比較容易引起他們的共鳴的。

不過，現在小說裡有一些如單親家庭、孩提時期朦朧的愛情等，都是很好的題材。其實我稱不上是專業的作家，我主要的工作，還是以兒童文學的編輯爲主，像是編報、編書、組織活動，寫作只能算是我的業餘，這樣的工作時間通常沒辦法很完整。再回到散文的問題。散文的寫作著重於「眞情實意」，它不必去虛構很多東西，就有很多題材可以寫了。再者我認爲對於兒童來說，不論是閱讀也好、寫作也好，散文都是入門，對語文的學習幫助也最大。不過，在你問這個問題以前，我倒沒有很仔細想過，爲什麼我多寫散文而少寫小說……我想那是很自然的。

——大陸評論家孫建江在《桂文亞少年散文初識》這篇文章中提到「成人視角」和「兒童視角」的問題，請問您在寫作時如何考慮兩者的差異？

剛才我說寫作對我來說是一件很自然的事情，確是如此，比如我寫童年的故事的時候，我很自然地回到了童年，無論是心境或語境上的處理，似乎沒有什麼困難，我對童年的印象非常清晰且充滿感覺。有些人在心態上，對於童年的感覺似乎已很遙遠，但對我並不是這樣。再者，我的童年記憶並不是一部完整的小說，它們是局部的、片段的，我沒有想到要特別去記憶哪一部分，因爲人的生命中，好像有很多部分不必特別去記憶它，然而在發生的當時，感覺是這樣强烈。然而，有些事經過了時間會自然地過濾、沈澱，我只是寫下那些難以忘情的回憶，並不曾刻意拼湊。

我相信作家們會有很多不同的心境，越好的東西就自然會去用它，好比你腦子裡有很多抽屜，你要用的時候就很自然會去打開它了。寫作畢竟不只是記錄，而是要用這記憶的主體，去作藝術的昇華，至於要使用「成人視角」或「兒童視角」的問題，端視當時用何種表達方式最好。評論者是站在分析的角度用學術名詞來界定，但並不負責判準記憶中的哪些東西重要、哪些東西一定要用什麼方式來寫，而是將作品的呈現方式做一個完整的歸納。

——您的近作《馬丘比丘組曲》中，包含了許多有關歷史的敘述，您希望這樣的敘述中，帶給兒童怎樣的視角與觀點？

《馬丘比丘組曲》是我最新的兒童散文作品，可稱為紀實遊記。遊記的出版品不少，但專為少年兒童寫的遊記卻不是很多。這本書在結構上算是比較完整的，而且對於一個不熟悉當地的讀者而言，為了引領讀者身歷其境，必然會有一些歷史的敍述。就像讀一本傳記，你會想先了解主角的生長背景，和使他成為一個重要人物的因果。所以當我到了一個地方，無論是國內或是國外，都會考慮讀者可能知道這個地方、也可能是不知道這個地方的。一個國家文化的形成，當然是因為有它的歷史，但歷史並不足以構成所有旅行文學的特色，還應包括這個地區的過去、現在和未來在一個作者心目中的感受和認知。歷史的敍述可以是一個概略性的提示，像是導覽一樣，把它放在現代的一個空間來介紹。歷史的功用即是鑑往知來，讓人覺得格外親切，也加深對一個地方更深度的了解。

至於我要帶給兒童什麼樣的視角呢？我希望他們能夠了解自己生存的母體和那個他不熟悉的地方之間有什麼差異。比如書中說到的印加帝國，他們經過了西班牙的殖民四百年，而身為生長在台灣這一代的中國人，雖然可能沒有被殖民過的經驗，但我們的父母、祖父母輩卻可能有被殖民的經驗！在這種情況下，他們是怎麼面對被殖民的歷史呢？他們是怎樣的一種心境呢？作者以這種心態來創作，一來，可以充實閱讀者知識；二來，可以了解那樣的苦難我們也曾有過，就可以培養出同理心，這樣才容易擴展兒童的視野和心胸。所以，我寫遊記並不純粹為了「好玩」而已。

——胡錦媛教授曾提到，台灣少有真正的旅行文學作品。您認為您的作品屬於旅行文學嗎？又，您心目中的此類作品具有哪些要素？

我想知道「眞正的旅行文學」是什麼？當然，很多遊記並不是很有「文學味兒」，只能稱為「旅行資訊」罷了。但旅行文學既然被歸類在所謂的「文學」領域裡頭，我們就不能輕忽了它文學的特質。台灣有沒有眞正的旅行文學？我想也是有的。我不敢講眞正的旅行文學是什麼，那不是我研究的範疇。但是我看過很多的遊記，我想眞正好的旅行文學也講求原創性和藝術美感，就好像我們站在同一塊土地上，但我和你的感覺是不一樣的。我希望在講一個地方時，是根據這一片土地的歷史淵源，去了解它和別的國家不一樣的地方，譬如它在整個地球上的「位置」，如何影響它形成地理、文化、經濟上獨有的特色。換言之，就是去做全面的觀察。若缺少完整和透徹的理解，敍述就無法深入。文學需要想像，它不是研究報告，也不是旅行社定期提供的旅行資料，是一個作家對這塊土地眞正的感情。有人從生態來切入、有人從經濟環境來切入、有人則從文學藝術的角度來切入，但不管從哪一個點，他都是由文學的感性出發。所以，「旅行文學」應是廣義的，並不單指某一地方的風土人情而已。

我旅行過很多地方，但很少地方是我能寫或想寫的，癥結即在沒有太多深入的感覺。當然要查資料是非常地容易，可是資料畢竟是死的東西，要如何讓人產生「活」的感情，那就是作家的任務了。如果一個人沒到過一個地方，他不會有深刻的感情；如果他到了一個地方，對那兒的背景不夠了解，也只有浮淺的「感覺」而已。所以，這樣的寫作應該是「理性與感性的結合」；還有很重要的，你如果旅行過很多地方，勢必更能了解某個地方的獨特性，如果你只去過一個地方，那是無從比較的了。經過了比較，參照時的深度會更加地寬廣。這是我對旅行文學的一個基本看法。

指標性事件——關於兩岸交流

——能否談一談台灣兒童文學作家與大陸兒童文學作家的處境有何不同？

我先講大陸的情況，大陸幅員廣大，兒童文學工作者本身的交流也比台灣來得多。在他們的寫作環境裡，很多的兒童文學寫作者都是「少兒社」（即每一個省的「少年兒童出版社」）的成員。出版社裡又有各編輯室，從學齡前到青少年的讀物，分工詳細；每一年的編書量甚至超過百本，包含期刊、畫報和叢書，所以他們需要很多的編輯。而他們和台灣的不同之處是，有不少編輯就是兒童文學的寫作者，同時他們上班的時間比較彈性，有較多的時間從事兒童文學的創作。而在台灣，編輯和寫作的角色可能是分開的，連結性不像他們那麼緊密。再加上大陸方面有非常多的刊物可以發表，在台灣可以發表的報刊雜誌相對就很少，作者本身也有其他工作在做，並非專業作家。所以就客觀環境來說，大陸那邊比台灣好得多。

大陸本身也存在著競爭的問題，在他們的生態圈中，好的作家也會往大的雜誌社或出版社投稿，所以這些雜誌社和出版社儼然成為有名作家的「跳板」，而新人或較沒有名氣的作家就較難進入這個圈子裡面。就像台灣能在大報上有發表的園地，你的知名度就會較高一樣。除此之外，他們也有不少文學獎。

——在台灣方面，您認為目前的兒童文學作家或兒童文學工作者（比如童書的編輯）有沒有走入比較專業的領域呢？而大陸方面的情況又如何？

我覺得台灣近十年來的發展，專業的品質一直在提昇，而且有越來越多的人意識到兒童文學這個領域的重要性。尤其台灣的資訊業開放，新的資訊要比大陸那邊接受得要多、要快，這也是一項優勢。再者，我們這兒設計和印刷的水準也要好得多，所以，大陸也把台灣這方面近年來的發展當作一個參照的對象。大陸的優勢是資金可由國家來提供，所以出版量大，在體制的允許下，如果有什麼新的東西他們也會注意，基本上可以做得和我們一樣好，甚至會更好。

——兩岸近年來在兒童文學的交流有研討會、文學獎、出版交流……等方式，那麼在未來，您認為還有哪些方式和管道可做更多元化的交流？

在這裡你提到的研討會、文學獎、出版交流……等，其實都只是一個起步，若要再擴大或做得更好，必須有更深化的交流方式。這十年的交流只是一個初步的接觸，兩方也都有若干阻礙，比如自己要顧慮自己「生態環境」的競爭，若要花大量的人力和時間就要考慮。我們也辦研討會，但是它並不是一種有系統、有組織性、有長遠計畫的研討會，只是有機會就辦一辦，成果是有的，但是並不大。事實上，我認為台灣的兒童文學界對大陸的認識既不夠，也沒有餘力去關心。但是，我們自己的變動是很大的，他們也在很大的變動之中。目前雙方彼此間應該是「互相需要」的程度而已，像文學獎亦是。兩岸從一九九二年《民生報》辦過一次文學獎之後，好像就沒有其他機構再辦過類似的文學獎。出版交流是持續的，但這樣的交流也非全面的，大陸的出版之門可說並沒有打開，所以談到交流只能停留在一個理想性的程度而已，還無法顧及到眞正的現實面。

我們還不足以把以往的交流記錄當成一個驕傲的成績來看待，比如學術的交流也還沒有更進一步開展，對於研究彼此對方的兒童文學發展，也還沒有具體操作。當然這不是一、兩年就能看出成績的，所以未來還有很多發展的空間。想一想，大陸有這麼多的兒童文學作家，台灣有多少人認識他們呢？相對的，他們那邊認識我們的人也不夠多，所以全面性的交流還值得繼續努力。兩岸交流必須有長遠的計畫和理想，如果只要求有一個「記錄」留下，而不問眞正做了什麼，那是很可惜的。而且什麼事該由什麼單位來做。也就是「對位」的問題，應該再求準確。

——依您來看，目前雙方的交流是否稍嫌保守？

應該是大家覺得還沒有那麼急切地需要吧。時機的成熟要靠雙方共同的認知，如果有人認爲這件事是「當務之急」，才有進展的可能。我們自己的環境裡要努力的地方還很多，是不是現在就有交流的必要？況且雙方還有意識型態的阻隔。即使像《民生報》雖然也長期努力地在做，但嚴格來說也不算是我們的「工作重點」，而是我們覺得該做的一部分事情。如果能有一個長久性的組織專注地投入這件事，那麼成效應該會早一點顯現。

對兒童文學的看法及期許

——現今視聽媒體發達，小朋友好像越來越不去閱讀，您認為對於目前想從事兒童文學工作的年輕一輩，應該走向什麼樣的新方向？

嗯……我昨天剛看了國家地理雜誌電視頻道（那幾乎是我看電視的唯一選擇，因為看書的時間都不夠了），知道有些人選擇一生的時間，到叢林裡去觀察動、植物，儘管很少人去做這類的事，但是他們對地球的貢獻卻是一等一的大。這如同兒童文學雖然一向只受到小衆的注意，可是如果在你的價值觀裡覺得它是值得的，為什麼不去做？作為一個兒童文學編輯，永遠都在尋找最好的作者，我想其他出版社也是一樣。不過寫作這件事，好像不光是努力就可以達到水準以上，它還是需要一些天賦，這一點就比較不能强求。

要從事兒童文學工作其實有各種各樣不同的機會，「成爲作家」只是其中的一項，比如你們「兒童文學研究所」的學生，就有很多的事可以做，沒有什麼理由覺得受挫和沮喪的。只是每個人要了解自己的優勢在那裡、最能掌握的是哪一部分，也就是找自己最能發揮的領域去拓展。像我算是「半路出家」的！我是從大量的閱讀和改寫開始，這一方面我做了非常多的努力、累積了豐富的資源，之後在從事這個工作的第九年才開始寫作。你們這麼年輕，毋需太急於發表，只是要有一個明確的目標。如果你能做一個很好的老師，也是一個很好的志向。

長期以來，我把自己定位爲新聞從業員與專業兒童文學媒體編輯，因爲我的崗位就是媒體工作，希望在這兒把兒童文學的工作做好，至於寫作是我的興趣，兒童文學作家只能稱爲一個業餘的「頭銜」。只是，無論是自己的崗位或選擇的興趣，任何一條路只要具有開創性並且全力以赴，都會有成績。

* * * * *

在訪談中，桂文亞女士提到，她很少解釋自己的作品，所以建議讀者能夠去讀別人寫她的評論作品，如《讀她寫她》等。她認為談自己的作品相對於寫作本身，並不是「很自然的」，她只能想到哪說到哪。不過我想這是桂女士的自謙之詞，因為她的確很清楚自己所想傳達的文學信念為何。

身為一位中生代的兒童文學工作者，桂文亞女士把自己定位在專業編輯，而非作家。儘管已發表了不少的作品（詳見附錄），她還是謙稱自己為「業餘的作家」，這一點也顯示桂女士對於文學工作的專業性是相當重視的。此外，兩岸的兒童文學界雖已彼此探索、接觸，但她仍慨嘆這樣的交流尚未邁入實質而密切的階段，她認為整個華文的兒童文學界都是我們必須關心的。最後，桂文亞女士真誠地鼓勵希望從事兒童文學工作的年輕一輩們，創作之外，無論是編輯、翻譯、教學等，都值得在這個領域中盡一己之力。誠如她所言：「任何一條路只要具有開創性，都會有它的成績」。

參考資料

思想貓遊英國　桂文亞　台北市　民生報　一九九二年六月

思想貓　桂文亞　台北市　民生報　一九九二年七月

長著翅膀遊英國　桂文亞　台北市　民生報　一九九四年七月

美麗眼睛看世界　桂文亞　台北市　民生報　一九九五年十二月

二郎橋那個野丫頭　桂文亞　台北市　民生報　一九九六年七月

金魚之舞　桂文亞　台北市　民生報　一九九七年六月

馬丘比丘組曲　桂文亞　台北市　民生報　一九九八年十二月
桂文亞探論　班馬　台北市　太經網股份有限公司　一九九六年八月
讀她寫她　金波主編　台北市　亞太經網股份有限公司　一九九六年八月

附錄

一、兒童文學活動年表

一九八四年

- 漸由成人報導文學轉入兒童散文創作，並從事兒童讀物編輯工作。

一九八六年

- 七月二十六日，發表〈《小豬與蜘蛛》一書的情節設計探討〉一文於中華民國兒童文學學會主辦之「世界童話名著研討會」。

一九八七年

- 所編輯之《兒童天地週刊》行政院新聞局金鼎獎。

一九九〇年

•〈江南可採蓮〉獲上海陳伯吹兒童文學園丁獎。

一九九二年

•《民生報》及河南海燕出版社、北京《東方少年》雜誌社聯合主辦「一九九二年海峽兩岸少年小說、童話徵文活動」。

一九九三年

•《思想貓遊英國》獲上海少年報小百花獎、一九九二年「好書大家讀」活動推薦。

•〈海峽情〉獲中國大陸中央人民廣播電台第五屆「海峽情」徵文二等獎。

•〈班長下台〉獲上海《少年文藝》月刊小讀者票選最受歡迎散文第一名。

•《班長下台》獲一九九三年「好書大家讀」活動推薦。

一九九四年

•八月二十日~九月三日，民生報主辦，中華民國兒童文學學會、中國海峽兩岸兒童文學研究會合辦「曹文軒作品討論會」。

•《民生報》及雲南昆明春城少年故事聯合舉辦「一九九四年童話徵文」活動。

•〈感覺的盒子〉獲上海《少年文藝》月刊小讀者票選最受歡迎散文第一名。

一九九五年

• 《長著翅膀遊英國》獲一九九四年「好書大家讀」年度最佳少年兒童讀物散文優選獎。

一九九六年

• 九月二日～三日，九月六日～七日，上海「少年文藝」月刊發起，並與北京《東方少年》月刊、《民生報》聯合舉辦「當代少年兒童散文暨桂文亞作品討研討會」。

• 七月十日～十二日，應大陸學者班馬等人之邀，偕同管家琪赴大陸參加「一九九六．江南兒童散文之旅」，三天過程中，和大陸學者們爲少兒散文理論創建的可能性等問題進行討論。

• 《美麗眼睛看世界》獲一九九五年「好書大家讀」年度最佳少年兒童讀物綜合類優選獎、第八屆中華兒童文學獎。

一九九七年

• 《民生報》、中國海峽兩岸兒童文學研究會及上海巨人雜誌聯合舉辦一九九七「海峽兩岸中篇少年小說徵文」活動（收件日期：五月一日～十月一日）。

一九九八年

• 三月廿二日～廿三日，民生報、台北市立圖書館及中國海峽兩岸兒童文學研究會合辦「一九九八海峽兩岸童話學術研討會」。

註：由民生報和其他單位聯合舉辦的活動，皆為桂文亞任職主任的民生報「少年兒童」組所推動，故將它們列為年表內容中。

二、著作目錄（兒童部分）

書名	出版者	出版年月
幽默筆記第一集（兒童漫畫編寫）	民生報	一九八三年
人面猩猩	民生報	一九八四年
王子復仇記	民生報	一九八四年
鼻子的學問	民生報	一九八四年
媽媽的紅燈	民生報	一九八四年
爸爸的氣功	民生報	一九八四年
王子復仇記	民生報	一九八四年
三絕顧虎頭	省教育廳	一九八四年

黃金鞋	民生報	一九八四年
妹妹寶貝	民生報	一九八五年
宇宙的圖畫（兒童詩欣賞）	民生報	一九八五年
水底學校	民生報	一九八六年
恐龍的咕	民生報	一九八六年
畫貓的男孩	民生報	一九八六年
中國神童	省教育廳	一九八六年
幽默筆記第二集（兒童漫畫編寫）	民生報	一九八七年十二月
張生煮海	民生報	一九八七年十二月
思想貓：溫馨的小品文（兒童散文）	民生報	一九八八年七月
校長上小學	民生報	一九八八年七月
阿灰，我知道了	民生報	一九九〇年三月
我知道，我也愛我	民生報	一九九〇年三月
水底學校	聯經出版公司	一九九〇年
思想貓遊英國（兒童散文）	民生報	一九九二年六月

到親戚家去玩（翻譯圖畫書故事書）	遠流出版公司	一九九二年六月
班長下台（兒童散文）	民生報	一九九三年
童詩筆記四冊（編選）	漢藝色研	一九九三年
吃彩虹的星星（童話編選）	民生報	一九九三年四月
大俠・少年・我（少年小說編選）	民生報	一九九三年八月
吃童話果果（童話編選）	民生報	一九九三年八月
銀線星星（台灣趣味童話編選）	民生報社、北京作家出版社同步出版	一九九三年十二月
長著翅膀遊英國（少年兒童遊記散文）	民生報	一九九四年五月
台灣兒童小說選（主編）	上海少年兒童出版社	一九九五年六月
美麗眼睛看世界（少年兒童攝影散文）	民生報	一九九五年十二月
二郎橋那個野丫頭（兒童小說）	民生報	一九九六年八月
金魚之舞——認識兒童文學作家與作品（散文）	民生報	一九九七年六月

思鄉的外星人——台灣少年小說選㈠（與李潼合編）	民生報	一九九八年十一月
寂寞夜行車——台灣少年小說選㈡（與李潼合編）	民生報	一九九八年十一月

三、報導與評論彙編

㈠專書

讀她寫她——桂文亞作品評論集　金波主編（註：此書內容爲海峽兩岸六十多位文學界人士撰寫文章編輯而成）亞太經網股份有限公司　一九九六年六月出版

桂文亞探論——走通散文藝術的兒童之道　班馬（註：此書爲班馬一人獨自撰寫的評論著作，書後附有桂文亞成人文學作品精選及各書序）亞太經網股份有限公司　一九九六年六月

(二)報導部分

小人國裡的自我修煉者——專訪兒童文學作家桂文亞　葉深　文訊月刊一六八期　民國八十八年十月　頁七十三～七十五

(三)評論部分

作家的童年：讀「班長下台」、「聰明的爸爸」有感　林麗娟　國語日報　民國八十二年九月五日

班長你爲什麼「下台」？　夏祖麗　民生報三十二版　民國八十二年九月十二日

一本兒童文學遊記的代表作——《長著翅膀遊英國》　林政華　民生報二十九版　民國八十四年十一月十八日

我讀桂文亞的散文　孫建江　中華民國兒童文學學會會訊十一卷三期　民國八十四年六月　頁七～十二

地球儀上的思想螞蟻——讀桂文亞的散文　林艮　中華民國兒童文學學會季刊民國八十五年夏季號　頁卅一～卅二

遐想與沈思——讀桂文亞攝影散文《美麗眼睛看世界》　孫建江　中華民國兒童文學學

會季刊民國八十五年夏季號　頁卅三～卅四

能遠也能近的美感發現，試探桂文亞《美麗眼睛看世界》　李潼　自立晚報二十三版　民國八十五年四月十六日

二郎橋那個野丫頭　謝明錩　國語日報三版　民國八十五年十月二十六日

進入一種隨意翩舞——杜文亞《金魚之舞》新作賞析　班馬　國語日報十三版　民國八十六年十月五日

一本奇妙的書——讀《金魚之舞》　喬傳藻　中央月刊文訊別冊　一四六期　民國八十六年十二月　頁二十四～二十五

童年重現——談《二郎橋那個野丫頭》後記　李倩萍　兒童日報十二版　民國八十六年一月六日

「班長」重現江湖不再「下台」——序《班長下台》　方衞平　民生報少年兒童　民國八十九年五月二十八日

我一直覺得圖畫書不是孩子的專利。小朋友可以讀，大人當然也可以讀。義務教育讓文盲變少了，但「圖盲」卻很多。因為很多人從小沒有看圖片或圖畫的經驗，所以根本不知道如何看圖。

——郝廣才

☞左起：嚴淑女、郝廣才

圖畫書的吹夢巨人——

郝廣才專訪

地點：台北・格林文化事業股份有限公司
日期：一九九九年一月二十八日
時間：下午二點～五點
訪問者：嚴淑女
執筆者：嚴淑女

郝廣才先生一九六一年生於台北，政治大學法律系畢業，一九八八年以圖畫書《起牀啦！皇帝》獲得第一屆信誼幼兒文學獎。他不僅在圖畫書企劃與編輯的世界有豐富的閱歷，更是一位創作風格獨特，總是在充滿想像力的故事中，引導孩子認識人生各種面貌的作家。

郝廣才先生致力於兒童文學的創作、翻譯、出版與推廣；特別是他將台灣的圖畫書推向國際舞台、積極拓展國際市場、與世界知名插畫家合作、引進國際矚目的圖畫書大獎的得獎作品……等等成就，對擴展國人的視野有極大的貢獻。其創立的格林文化事業股份有限公司更是台灣第一家結合全球三十個國家、一百餘位世界頂尖插畫家，以出版兒童圖畫書為主的出版社。出版的圖畫書更是屢獲各項國際插畫大獎。

在以下的訪談中，郝廣才先生將發表他對兒童文學相關的看法及經驗，其中不乏真知灼見，可供兒童文學界做為參考。

* * * * *

與兒童文學的淵源

——請問您是如何開始進入兒童文學界？何時創立格林文化事業股份有限公司？

我大學時唸的是政治大學法律系，退伍之後本來想直接去美國唸法律，但是因爲太晚申請了，一時沒有成行。那時又剛退伍，也不想找法律事務所的工作，因爲所有法律事務所都要簽約兩年或一定要待一段時間。其他像司法官的工作我又不喜歡，所以都不可能。剛好那時漢聲出版有限公司在徵編輯，當時我並不知道漢聲在編兒童書，只知道他們是做雜誌的。漢聲的老闆願意給我機會，所以我決定試試看。

待在漢聲那段時間對我來說是很重要的。在漢聲我看到國外的兒童書，才發現原來外國小孩從小就看這麼好的書，我們的小孩卻看品質不好的書，所以從選舉、建築物、服飾就可以看出美感教育的缺乏。

之後我就思考，或許我可以做這方面的工作。當時可能眞的有想要改變社會之類的想法，但是一直做下來之後，發現眞正讓我持續待在這個領域的第一個原因是：我對這個東西眞的有興趣。因爲我從小就都很喜歡畫圖，做相關的工作會比較快樂。第二個原因就是有機會做得比別人好。有了這兩個條件，就會一直做下去，而不會感覺煩悶。

——何時創立格林文化事業股份有限公司？

我先在漢聲出版有限公司待二年，又在遠流出版事業股份有限公司待四年；一九九三年創立格林文化事業股份有限公司，至今（一九九九年）已有六年的時間。

——爲什麼會選擇圖畫書爲主要的出版方向？

我剛開始在漢聲出版有限公司編的就是兒童書，像漢聲小百科或漢聲小小百科這類的。那時也開始接觸圖畫書。但是到了遠流出版事業股份有限公司就是以做圖畫書爲主，同一時期也做了台灣歷史漫畫。到了格林文化事業股份有限公司後，就幾乎把全部的力量放在圖畫書上。第一個原因是我喜歡做圖畫書，其次是因爲我手中的資源和能力——我最大的資源是擁有許多的畫家。除了我喜歡做這樣的事之外，還要加上可能性。如果我手中沒有這些畫家的資源，我也沒有辦法做。

那這些畫家的資源是如何累積來的呢？我在遠流出版事業股份有限公司做的第一套書就是《兒童的台灣》。內容是台灣的風土民俗、台灣的民間故事和台灣歷史漫畫等。那時候擁有的資源都是台灣的畫家，像王家珠、劉宗慧、楊翠玉，都是目前台灣最好的畫家。後來遠流出版事業股份有限公司做了《繪本中國童話》，那時候開始和中國大陸的畫家接觸，也累積了大陸畫家的資源。

到了格林文化事業股份有限公司，我透過像「波隆那國際兒童書展」的展覽、年鑑，尋求適合的畫家。有了國際畫家的資源，就可以開始做世界性的題材。

很幸運地，我很快就得到與杜桑凱利（Dusan Kallay）、羅伯・英潘（Robert Ingpen）等國際安徒生大獎得主的合作機會，能跟這些國際重量級的插畫家合作，我們的出版社很快就受到各方矚目。加上我們在國際書展上也屢獲大獎，其他的畫家就更願意跟我們合作，累積畫家資源就更容易了。

編輯企劃

──請問您規畫「夢想家系列」的動機、市場定位和目標對象。

格林文化事業股份有限公司出版的「夢想家系列」也是一種圖畫書，一種有插圖的書，不是兒童書或繪本。因爲繪本我們比較定位在像三十二頁或四十頁的圖畫書。但是「夢想家系列」中可能有些是繪本，有些不是。像《靈魂的出口》就不是繪本。而《滿月的傳奇》就算是繪本，因爲它是一個故事，由一組插畫來完成。

那爲什麼要出這一系列的書？因爲我一直覺得圖畫書不是孩子的專利。小朋友可以讀，大人當然可以讀。義務性教育讓文盲變少了，可是「圖盲」卻很多。因爲很多人從小沒有看圖片或圖畫的經驗，所以根本不知道如何看圖。像參觀「波隆那插畫展」，很多家長不知道怎麼帶小朋友去看？因爲我們對圖畫的東西接觸太少，所以會害怕，感覺壓力很大。其實閱讀和看畫展都是一種娛樂，不用抱持特別的心情，只要你看了覺得有趣，你就會深入去追尋。

而且，現在圖象資訊越來越多了。我們不只可以欣賞文字之美，事實上圖象的美，也可以是一種閱讀的型態。再加上現代人閱讀文字的量，可能比以前的人少，因爲看圖比較快。所以現代人應該更有能力看圖才對。這並不是說就要減少閱讀文字，而是現代人除了閱讀文字之外，應該多一項閱讀能力。它們是不同的東西，我們可以多一項選擇，它們之間沒有替代性。

所以我覺得我可以出一套給成人看的圖畫書。這類圖畫書在國外做得又好又多，但在台灣卻很少，其中最大的原因是「消費習慣」。一直以來，台灣的成人書籍都以便宜的黑白和平裝爲主，但是現在的市場、經濟型態、人的閱讀習慣和要求都和以往不同，所以我想試著來做這樣類型的書籍。

因此「夢想家系列」的內容是很多元的，主要訴求的讀者是成人。只是這些爲大人設計的書，兒童也可以看。

——請問您做「四大探險家」這一套圖畫書的市場定位與目標對象爲何？

「四大探險家」系列的定位是給兒童看的。雖然文字很多，但是我認爲可以給大一點的小孩看。而且小孩也有個別性的差異。外界常認爲格林文化事業股份有限公司編的東西偏深，但是我認為為什麼要把孩子看得偏淺呢？事實上早一點給他深的東西，他就會產生疑惑、問題，就可以去追尋答案。而且閱讀本身就要有冒險、探險的過程，層次可以越來越高。小孩並不需要一直閱讀他已經了解的東西或沒有興趣的主題，他可以往上閱讀較深的東西。

「四大探險家」系列雖然定位在兒童，但是大人也可以看。像我們編「大師名作繪本」有很多故事大人並沒有看過，所以雖然書是編給兒童看的，大約有三分之一卻是賣給大學生。所以我們不怕內容太深，只希望小孩從小就可以接觸到這些好作品，沒有讀過的成人也有機會閱讀。

我認為當你在看兒童書時，先不要急著去想內容太深或太淺，是否適合兒童閱讀。除非是幼兒，因為幼兒的能力是固定的。而當孩子越來越大，個別差異就越來越大。只要他讀他懂的部分就可以了。比如說《小王子》，小孩子一定看不懂玫瑰花的那一段，但是他一定懂得「蛇吞大象」那一段，因為那一段比較有趣。等到他長大了，談過戀愛或失戀後，對玫瑰花那段就會有更深的感觸。所以每個人讀他懂的部分就可以了。

好的故事就像鑽石一樣，有很多面，每個人都可以找到他回應的那一面。就像我小時候看不懂安徒生的《國王的新衣》一樣。但是一個好的故事會一直引起讀者的好奇和印象，會想要了解爲什麼，產生探索的興趣。

關於定位的問題。通常我出一套書，並不在乎是不是有明確的市場定位或目標。雖然出版者或編輯會有這樣主觀的想像，但並不見得會形成客觀的事實。除非像幼兒學習數字或英語教材有一定的進階之外，否則很難設定讀者。關鍵是你有一個聲音想要把它做出來，當你把書做好，誰買去，就給誰看。只要買的人夠多，書就可以一直出版下去。也就是說，會考量市場的狀況，但是並不會特別明顯去考慮讀者，去界定適合給幾歲的人看的書。因爲文學類的書，讀者是非常複雜的，並不像應用類的書籍或雜誌，目標對象非常明確。不過，只要每個讀者找到自己的解釋和對應，就是一種好產品。

「四大探險家」是國內自行規畫的，定位就是給小朋友看的。但是並不一定要清楚的定位是給十二歲或青少年看的。現在因爲人類平均壽命延長，會認爲十二歲還是小孩子，並沒有用平等的態度來對待他們，低估了他們的能力，所以提供給他們的東西對他們而言是太淺了。事實上，他們已經開始有很強的自我意識，但是大人並不了解這一點，很多衝突就是這樣產生的。

兒童在思想上也有個別差異。閱讀並不像學校教育是按部就班的，每個小孩可以根據自己的發展，閱讀不同的書，不需要清楚劃分哪些是給兒童看的、哪些是給大人看的。給兒童看的書，大人也有可能覺得很好看。人生是累積的，曾經有過的東西都累積起來，美好的東西才不會失去。

——請問圖畫書出版的流程中，總編輯扮演何種角色？

總編輯的角色是依照每個公司的組織、目標而有所不同。如果出版社是以編輯角度出發，公司的性質，是以生產書爲主，總編輯的權力就很大。相反的，如果老闆是以業務爲主，總編輯可能就是配角。但是一個眞正有力量的出版社，總編輯一定占絕對重要的角色，才能在出版界占有一席之地。像過去的「純文學出版社」雖然很小，但是在文學界發言的地位卻是其他以業務爲導向的出版社比不上的。

圖畫書製作

——請問您認爲一本好的圖畫書，文圖的配合原則是什麼？

一本好的圖畫書，文圖的配合有主觀和客觀的因素，但是沒有絕對的原則或公式。

——請問您覺得有插畫的故事書和繪本有什麼不同？

像「安徒生童話」系列，將很多故事合在一起，可能就是有插畫的故事書。但是以分類來說通常都是放在 picture books 中，很難劃分得非常清楚。就研究而言，除了分類之外，應該研究作品的內容。類別通常是數量很多時才會產生。

出版與市場

——目前台灣已有引進一些大陸兒童文學作品。請您談一下目前有關大陸圖畫書的發展情況及市場概況。

大陸的圖畫書引進台灣的很少，而且大陸的圖畫書發展比較像連環畫的方式，通常是一段文字，配一幅圖，看起來較呆板，沒有趣味，跟歐美發展出來的繪本概念是很不一樣的。

大陸繪本的發展情況及市場概況，還有對圖畫書接受程度，目前是和台灣以前的情況類似。市場未穩定，書的價格偏低，還有許多對圖畫書的觀念仍未建立，所以出版社會看市場發展的狀況才會前往投資。

請問您覺得童書的定位是否要模糊，才可以占有較大的市場？

決定的因素是書做得好不好，書做得好才能擁有較大的市場。

關於文學類產品的定位和對象，我們很難掌握，無法定得很明確。但是並不是定位不明確，很多人都可以閱讀，銷售量就會比較大。因爲如果目標模糊，你的目標對象就不容易找到他需要的資訊。就像現在的雜誌、電視是朝向專業化的趨勢。如果是綜合性的，觀衆或讀者的數量看起來似乎比較多，但是他們所得到資訊卻不夠多、不夠深入。

台灣的兒童雜誌很難做得起來，就是因爲內容都太多、太雜又不夠深入。所以你不能做一本號稱從九歲到九十九歲都喜歡的書，這樣每個人得到的只有一小部分。其實可以找一個定點，但是那個定位和定點不見得能定得很適切。所以我們採取的方式是先把書做出來，然後再來想這些定位的問題。如果我覺得這本書適合成人，就放到

「夢想家系列」；若適合兒童，就放到兒童的系列中。

——請問您挑選出版作品時，有哪些原則？

挑選時的原則有很多、很複雜，但是基本上就是書要很好。但是這會根據個人的因素和出版、規畫上的能力不同而有差異。有些公司一定要出相同開本的書或相同路線的書。一旦有不同的書進來，就必須要看出版規畫是否有彈性可以做一些修正。以套書來說，一般比較合理的出版本數是十八或二十四本。

——翻譯國外的作品，有時會在語文或版面擺放的位置上做調整，以致喪失外文原有的創意，貴公司如何處理這種狀況？

通常會儘量依照原著。像《廚房之夜狂想曲》，因為原作的字是寫在圖上，翻成中文時，每一部分都要重做，成本相對提高。但是爲了達到最好的效果，會儘量做到最接近原創作的意思和做到好看爲止。

——請問您是如何取得與世界知名插畫家合作的機會？接洽的過程是否遭遇過哪些困難？

通常是透過國際插畫展。如：波隆那國際插畫展、BIB插畫展，都可以讓你了解各地的插畫家。在會場上也有插畫家會毛遂自薦，或是你看到某些畫家的作品不錯，也可以主動聯絡。

另外也會透過國際化的出版社介紹。不過一個畫家在同一個國家通常只會和一、兩家出版社合作，因為作品會有累積的作用，同時避免市場重疊所造成的麻煩。在國際上，他們就可以和很多家出版社合作。

接洽時會遭遇很多的困難，視畫家、國家的狀況而定。如：「四大探險家」系列是先有文章，但不是定稿，透過翻譯，並列出分鏡和綱目，讓畫家先畫。然後透過不斷的溝通，達到所要的效果。

——請問您覺得台灣的兒童出版界未來會朝哪個方向發展？

未來台灣兒童出版界可能朝兩極化發展。一種是大集團的經營模式，雖然分成各種部門、各種路線，但是都是很專業的，達到可以成立一個大的出版社的水準。另外一種就是做特殊學術、種類書籍的專業化公司。

如果想要再擴展國外的市場，就必須把書做好。無法做出好書，就必須去購買外國好書的版權。

——請問您對於台灣出版平裝繪本的看法？

出版平裝繪本是跟整個出版市場的條件有關。現在可以出平裝繪本的國家分成兩類。一個是美國、英國，因爲精裝本市場已經很大，平裝本可以爭取低一層的市場。另外就是香港和中國大陸這些地方，買不起精裝本，大部分的書仍以平裝本爲主。其他的像德國、日本平裝本都很少。

台灣剛好到了可以買得起精裝本，但離可以出平裝本的能力還很遠的階段，這是看整個經濟狀況而定。以前的《中華兒童叢書》和文化圖書公司出的《一百個好孩子》也算是圖畫書，都是平裝本。而現在時代不同，經濟狀況不同，格林文化事業股份有限公司也必須看市場的狀況才有可能出平裝書。

但是如果將版權賣到大陸，就一定要出平裝書；相反的，如果賣到美國就可以做得更精美。這是根據各個國家經濟狀況不同而定的，是每個市場、區域的生態造成書的型態，並不是出版社主觀的意願。就是跨國的出版社在每個地區的出版型態也會不同。

行銷

——請問貴公司在國內、國外各用哪些行銷手法，將書送到消費者手中？

國內有很多種方式，如：與書店合作、直銷、郵購、促銷活動等。國外則是以授權給出版社的方式，如何行銷，全權交由購買版權的出版社處理。每個地區的銷售情況，會根據市場的狀況和生態的不同而有所差異。如：台灣七〇％的圖畫書是透過直銷販賣出去的，而美國、日本的零售率卻可達七五％。

如果將來中國大陸市場發展起來，整個中文世界變成單一市場後，台灣兒童書的零售率就會提高，因爲出版量提高，可以做不同的行銷目標規畫。但是這也存在一個危機，如果台灣的編輯能力不夠，將來可能只成爲大陸出版社的一個小點。

——請問您對於台灣用套書、直銷的方式來販賣兒童書的看法？

套書、直銷的形成都是因爲客觀的市場環境造成的，但是會根據各國的出版狀況而定。如：書的價格、擺放的位置所造成的。而且書不能因爲製作的品質好，就賣得比較貴，書價通常會受到整個市場價格的限制。若是一本書的成本過高，出版商必須要賣到較高的價錢才可以運作，他就會一次出很多本以壓低單本書的成本，套書往往就這樣形成了。這是出版界的生態，每個國家的情況略有不同，只是這種套書的出版模式是必經的過程，從世界出版史中可以看出來。

套書購買版權或製作的成本很大，而直銷販賣的量較店銷大，透過這樣的方式，出版社的資金才能運轉，繼續出好書。常有人質疑套書的品質良莠不齊，這牽涉到出版社挑書的眼光，但是消費者可以有選擇的自由。

媒體

——請問您對於將兒童文學作品電子化的看法？

圖畫書、CD-ROM或電影本身都是獨立的作品，將兒童文學作品做成圖畫書、CD-ROM或拍成電影，並不會有互相取代的作用。

現代兒童多了視覺閱讀的能力，並不會影響他們閱讀文字的能力，只是增加了另外的選擇和想像的方式。閱讀是和從小的習慣有關的，雖然現在兒童的娛樂方式選擇變多了，但是整體環境的閱讀率卻提高到每年每個國民閱讀二·四本書。我們不需要擔心因爲視覺閱讀增加了，而文字的閱讀會減少，只要書很好看，兒童自然會想閱讀。

文學作品不太適合電子化，因爲閱讀是自由的，可以根據個人想像或人生成長經歷的不同，看同一本書都會有不同的體會。而電子書閱讀的自主性，比普通書低。因爲電子書設計的閱讀型態，只能侷限在軟體設計者所設計的方式，無法做出很多形式，而且會喪失書隨時隨地可以閱讀，讀者可以有無限的詮釋空間的特性。

至於網路小說的出現，則只是發表的方式改變了，內容本質並沒有改變，在網路上閱讀和紙上閱讀基本上沒有不同。雖然載具改變，內容還是最重要的，只是要符合不同載具的形式而已。但是當作品變成電子書這個產品時，是個別存在的，並不會影響原來書的本質。

——請問您覺得電腦多媒體及網際網路的特性，對於兒童文學創作空間的拓展會產生什麼影響？

對於兒童文學創作沒有什麼改變，但會限制讀者的閱讀。對於幼兒學習類或active books的產品會有發展的空間，因爲幼兒喜歡重複，而且裝載工具的特性及可能性或變化，會產生新的作品。但文學與遊戲是不同的，網路的特性可以讓遊戲變得多樣化，而文學就是要作家選擇最好的一種方式，不用讓讀者挑選不同的結局或從不同的路徑閱讀。

我們可以說電視、電影、哲學會帶來不同的思考，時代不同使得娛樂的選擇多樣化。特別是影像資訊越來越多，現在寫好的文學作品的人，就越來越影像化，描述清楚、不囉嗦。但是創作工具的改變，並沒有造成作品上的差異。

我覺得網際網路的商機只在販賣而已。因爲具有容量大（Amazon網路書店一次可以放很多書，又沒有庫存的壓力。）又可以介紹詳盡，同時存放許多的相關資訊或評論等優點。

創作者（作家、插畫家）

請問是否可以談一談您個人的創作經驗。

創作的靈感來源很複雜。在創作方式上，我常使用韻文，主要是因爲看到國外的兒童書常使用韻文，我覺得或許中文也可以試試看，如果效果不錯，就會繼續寫。有時創作之前也會先設定書的形式，再決定採用哪種創作形式。就像《帶著房子離家出走》。

請問您覺得目前本土的創作者與創作環境有哪些問題點？

就大環境而言，在插畫方面：基本訓練的管道太少、師資不夠，插畫家必須要自己摸索，這是訓練和人才培養上的問題。就創作而言，是屬於個人的問題，因爲出版界所需要的是好的作品、頂尖的作者，台灣頂尖的創作者太少了。

讀者反應

請問貴公司是如何蒐集與處理讀者的反應？

蒐集讀者的反應，通常會作為針對不同消費者，將書做成套書或定價時的參考，或是產品到底適合店銷或直銷的依據；並不會根據讀者的意見來規畫每一套書，或做內容及編輯上的調整。因為出版者或創作者必須走在前面，教育讀者。我比較在意「出的是不是好書？」「這本書適合放在哪一個系列？」這樣的問題。

兒童文學界

——請問您對於台東師院兒童文學研究所的成立有什麼期許？

希望能多研究國外經典的兒童文學作品，如莫里斯・桑達克（Maurice Sendak）的作品。從不同的觀點去研究、深入探討或累積資料，提供出版者參考。因為眞正屬於台灣的兒童文學作品太少，而且沒有眞正經典的作品，大部分還是國外的作品居多，所以研究上會有一些限制。

——請問您對於目前國內兒童文學界發展狀況的看法？對未來的兒童文學界有什麼期許？

國內的作品數量太少，能到達國際級的作家和畫家更少了。我認爲二十一世紀兒童文學發展的趨勢仍以圖畫書爲主。

* * * * *

因為喜愛而進入圖畫書世界的郝廣才先生，致力於「好的圖畫書」的出版和創作，並積極尋求與國外頂尖插畫家或出版社合作的機會，讓國內的孩子和大人可以看到真正好的作品，孩子也能從小就培養欣賞美的事物的能力；在這樣的理念下，我們將來一定可以看到他更多優秀的作品出現。

附錄

一、兒童文學活動年表

一九八五年

- 進入漢聲兒童部門。

一九八六年
•進入遠流兒童館。
一九八八年
•圖畫書《起牀啦！皇帝》獲得第一屆信誼幼兒文學獎。
一九九三年
•創立格林文化事業股份有限公司。
一九九四年
•其創作的《新世紀童話繪本》是台灣出版史上第一次還在製作編輯中的兒童書，就賣出多國的外文版權，並獲得多項國際兒童書大獎。
•一月，出版「世界繪本五大獎精選」。
一九九五年
•十二月，主編《繪本莎士比亞》系列。
一九九六年
•擔任「波隆那國際兒童書展」之兒童書插畫展有史以來第一位、也是最年輕的亞洲評審。
一九九六年

• 十一月，出版《國際安徒生大獎精選》。
• 十二月，主編《大師名作繪本》。

一九九七年

• 出版「名家繪本館」。
• 出版「最受喜愛的世界名著」。

一九九八年

• 二月，出版「夢想家系列（Dream House）」。
• 十二月，出版「四大探險家」系列繪本。

二、著（編）作目錄（兒童文學部分）

(一)編著目錄

書名	（編）作者	出版者	出版年月
太陽的孩子：台灣先住民圖畫故事選	郝廣才編著	遠流出版公司	一九八八年
火種：雅美族的故事	劉思源文／徐曉雲圖	遠流出版公司	一九八九年
台灣民宅	劉思源文／彭大維圖	遠流出版公司	一九八九年
台灣童謠	林武憲文／劉宗慧圖	遠流出版公司	一九八九年
亦宛然布袋戲	劉思源文／王家珠圖	遠流出版公司	一九八九年
阿美族豐年祭	張玲玲文／楊翠玉圖	遠流出版公司	一九八九年
排灣族婚禮	劉思源文／唐壽南圖	遠流出版公司	一九八九年
鹿港百工圖	張玲玲文／劉宗慧圖	遠流出版公司	一九八九年
鹿港龍山寺	劉思源文／彭大維圖	遠流出版公司	一九八九年
媽祖回娘家	張玲玲文門／王家珠圖	遠流出版公司	一九八九年
漫畫台灣歷史故事(1)石器文化的時代	郝廣才文／蔣杰圖	遠流出版公司	一九八九年

漫畫台灣歷史故事(2)先住民全盛的時代	郝廣才文／蔣杰圖	遠流出版公司	一九八九年
漫畫台灣歷史故事(3)海盜與紅毛的時代	郝廣才文／蔣杰圖	遠流出版公司	一九八九年
繪本台灣民間故事(1)白賊七	郝廣才圖／王家珠著／郝廣才編著	遠流出版公司	一九八九年
繪本台灣民間故事(2)神鳥西雷克（泰雅）	劉思源圖／劉宗慧著／郝廣才編著	遠流出版公司	一九八九年
繪本台灣民間故事(3)虎姑婆	關關圖／李漢文著／郝廣才編著	遠流出版公司	一九八九年
繪本台灣民間故事(4)女人島（阿美）	張玲玲圖／李漢文著／郝廣才編著	遠流出版公司	一九八九年
繪本台灣民間故事(5)懶人變猴子（賽夏）	李昂圖／王家珠著／郝廣才編著	遠流出版公司	一九八九年

繪本台灣民間故事(6)李田螺	陳怡真圖／楊翠玉著／郝廣才編著	遠流出版公司	一九八九年
繪本台灣民間故事(7)仙奶泉（排灣）	嚴斐琨圖／李漢文著／郝廣才編著	遠流出版公司	一九八九年
繪本台灣民間故事(8)能高山（布農）	莊展鵬圖／李純眞著／郝廣才編著	遠流出版公司	一九八九年
繪本台灣民間故事(9)水鬼城隍	張玲玲圖／蕭草著／郝廣才編著	遠流出版公司	一九八九年
鹽水蜂炮	張玲玲文 唐壽南圖	遠流出版公司	一九八九年
台北三百年	劉思源文／彭大維圖	遠流出版公司	一九九〇年
台南府城	張玲玲文／楊翠玉圖	遠流出版公司	一九九〇年
東港王船祭	張玲玲文／王家珠圖	遠流出版公司	一九九〇年
漫畫台灣歷史故事⑽日據殖民經濟的時代	郝廣才圖／王建興	遠流出版公司	一九九〇年

漫畫台灣歷史故事(11)日據皇民化的時代	郝廣才圖／王建興	遠流出版公司	一九九〇年
漫畫台灣歷史故事(12)現代化國家形成的時代	郝廣才圖／羅永基	遠流出版公司	一九九〇年
漫畫台灣歷史故事(4)明鄭開發的時代	郝廣才圖／羅永基	遠流出版公司	一九九〇年
漫畫台灣歷史故事(5)冒險偷渡的時代	郝廣才圖／羅永基	遠流出版公司	一九九〇年
漫畫台灣歷史故事(6)墾荒械鬥的時代	郝廣才圖／葉銍桐	遠流出版公司	一九九〇年
漫畫台灣歷史故事(7)漢人社會形成的時代	郝廣才圖／葉銍桐	遠流出版公司	一九九〇年
漫畫台灣歷史故事(8)洋務與新政的時代	郝廣才圖／羅永基	遠流出版公司	一九九〇年

漫畫台灣歷史故事(9)日據軍事統治的時代	郝廣才圖／王建興	遠流出版公司	一九九〇年
賣香屁	張玲玲文／李漢文圖	遠流出版公司	一九九〇年
繪本台灣民間故事(10)好鼻師	郝廣才圖／王金泰圖	遠流出版公司	一九九二年
石像的祕密	郝廣才文／貝諾・許圖	遠流出版公司	一九九三年
皇帝與夜鶯	郝廣才文／張世明圖	遠流出版公司	一九九三年
大師名作繪本親子手册	郝廣才主編	台灣麥克公司	一九九五年
大師名作繪本導讀手册	郝廣才主編	台灣麥克公司	一九九六年
網路信差兔	郝廣才總編輯	全高格林文化公司	一九九七年十二月
四大探險家	郝廣才等文	格林文化公司	一九九八年九月
繪本世界十大童話	郝廣才總編輯	台灣麥克公司	一九九八年二月
新甜蜜家庭	郝廣才主編	格林文化公司	一九九九年三月

(二)翻譯及改寫作品

書名	作者	出版者	出版年月
閉著眼睛也能讀	蘇斯博士著／郝廣才譯	遠流出版公司	一九九一年十二月
一隻毛怪在我的口袋	蘇斯博士著／郝廣才譯	遠流出版公司	一九九一年十二月
怪腳寶典	蘇斯博士著／郝廣才譯	遠流出版公司	一九九一年十二月
想怎麼想就怎想	蘇斯博士著／郝廣才譯	遠流出版公司	一九九一年十二月
在那遙遠的地方	莫里斯・桑達克文圖	格林文化公司	一九九六年九月
帶著房子離家出走	克里斯朵夫・梅可爾文／圖	格林文化公司	一九九八年八月
我要來抓你啦！	湯尼・羅斯著	格林文化公司	一九九三年六月
一條魚、兩條魚、紅的魚、藍的魚	蘇斯博士著／郝廣才譯	遠流出版公司	一九九一年五月
火腿加綠蛋	蘇斯博士著／郝廣才譯	遠流出版公司	一九九一年五月
老巴身上跳	蘇斯博士著／郝廣才譯	遠流出版公司	一九九一年五月
蘇斯博士ABC教室	蘇斯博士著／郝廣才譯	遠流出版公司	一九九一年五月

你好，老包	艾克曼圖／格梅爾著／郝廣才譯	遠流出版公司	一九九一年
快樂的一天	克斯圖／西華著／郝廣才譯	遠流出版公司	一九九一年
司馬不驢，拜託你快走（中英對照）	蘇斯博士著／郝廣才譯	遠流出版公司	一九九二年一月
老巴身上跳（中英對照）	蘇斯博士著／郝廣才譯	遠流出版公司	一九九二年一月
狐狸穿襪子（中英對照）	蘇斯博士著／郝廣才譯	遠流出版公司	一九九二年一月
跳月的精靈	奧黛莉文，莫里斯・桑達克圖	格林文化公司	一九九二年
親愛的小莉	葛瑞姆文／莫里斯・桑達克圖郝廣才譯	格林文化公司	一九九二年
貓咪大猜謎（中英對照）	蘇斯博士著／郝廣才譯	遠流出版公司	一九九二年一月
跳舞吧老鼠	郝廣才文／羅帝圖	格林文化公司	一九九三年
强尼强鼻子長	克魯茲・路易士文	格林文化公司	一九九四年一月

廚房之夜狂想曲	莫里斯桑達克文圖	格林文化公司	一九九四年一月
美女或老虎	史達柯頓原著	台灣麥克公司	一九九五年一月
颱風	康拉得著／郝廣才譯	台灣麥克公司	一九九五年
獨角獸	賽伯原著／郝廣才譯	台灣麥克公司	一九九五年一月
我想做一隻鳥	克里斯汀歐、莉絲白威格著／郝廣才譯	台灣麥克公司	一九九六年
穿越世界的一條線	溫格爾海因／著杜桑凱利圖／郝廣才譯	台灣麥克公司	一九九六年
海鳥姆村的鯉魚	以薩辛格著／郝廣才改寫	台灣麥克公司	一九九六年
追追追	赤羽末吉著／郝廣才譯	格林文化公司	一九九六年
金銀島	史蒂文生著／郝廣才譯	格林文化公司	一九九七年
强强的月亮	卡門凡佐兒文·圖	格林文化公司	一九九七年三月

㈢創作目錄

書名	作者	出版者	出版年月
起牀啦！皇帝	郝廣才文	信誼基金會	一九八八年四月
明鄭開發的時代（台灣的歷史四）	郝廣才文	遠流出版公司	一九八九年十一月
冒險偷渡的時代（台灣的歷史五）	郝廣才文	遠流出版公司	一九八九年十一月
海盜與紅毛的時代（台灣的歷史三）	郝廣才文	遠流出版公司	一九八九年十一月
墾荒械鬥的時代（台灣的歷史六）	郝廣才文	遠流出版公司	一九八九年十一月
好鼻師（繪本台灣民間故事之十）	郝廣才文	遠流出版公司	一九八九年十二月
忍者龜	郝廣才文	遠流出版公司	一九九〇年九月
白賊七	郝廣才文	遠流出版公司	一九九〇年十二月
小木偶與金鑰匙	郝廣才文／葉慧君圖	遠流出版公司	一九九一年七月

忍者龜Ⅱ	郝廣才文／林于生圖	遠流出版公司	一九九一年七月
七兄弟	郝廣才文	遠流出版公司	一九九一年八月
蛤蟆娃	郝廣才文	遠流出版公司	一九九一年十月〇
跳舞吧老鼠	郝廣才文	東方出版社	一九九三年八月
巨人和春天	郝廣才著	東方出版社	一九九三年九月
再見人魚	郝廣才著	東方出版社	一九九三年九月
皇帝與夜鶯	郝廣才著	東方出版社	一九九三年九月
現代版不朽童話	郝廣才著	東方出版社	一九九三年九月
夢幻城堡	郝廣才著	東方出版社	一九九三年九月
小紅帽來了	郝廣才文	東方出版社	一九九三年十一月
石像的祕密	郝廣才文	東方出版社	一九九三年十一月
野獸王子	郝廣才文	東方出版社	一九九三年十一月
銀河玩具島	郝廣才文	東方出版社	一九九三年十一月
學說謊的人	郝廣才文	東方出版社	一九九三年十一月
小彈珠大麻煩	郝廣才著	東方出版社	一九九四年一月

金魚王在哪裡	郝廣才著	東方出版社	一九九四年一月
拯救獨角人	郝廣才著	東方出版社	一九九四年一月
英雄不怕貓	郝廣才著	東方出版社	一九九四年一月
搖滾馬戲團	郝廣才著	東方出版社	一九九四年一月
蝴蝶新衣	郝廣才著	東方出版社	一九九四年一月
藍鬍子的故事	郝廣才文	東方出版社	一九九四年一月
長靴貓大俠	郝廣才著	東方出版社	一九九四年二月
青蛙變變變	郝廣才著	東方出版社	一九九四年二月
新天糖樂園	郝廣才著	東方出版社	一九九四年二月
如果樹會說話	郝廣才文	格林文化公司	一九九七年五月
一片披薩一塊錢	郝廣才文	格林文化公司	一九九八年二月
小紅帽來啦	郝廣才文	格林文化公司	一九九八年六月
小彈珠大麻煩	郝廣才文	格林文化公司	一九九八年六月
石像的祕密	郝廣才文	格林文化公司	一九九八年六月
再見人魚	郝廣才文	格林文化公司	一九九八年六月

金魚王在哪裡	郝廣才文	格林文化公司	一九九八年六月
長靴貓大俠	郝廣才文	格林文化公司	一九九八年六月
青蛙變變變	郝廣才文	格林文化公司	一九九八年六月
拯救獨角人	廣才文	格林文化公司	一九九八年六月
皇帝與夜鶯	郝廣才文	格林文化公司	一九九八年六月
英雄不怕貓	郝廣才文	格林文化公司	一九九八年六月
野獸王子	郝廣才文	格林文化公司	一九九八年六月
搖滾馬戲團	郝廣才文	格林文化公司	一九九八年六月
跳舞吧老鼠	郝廣才文	格林文化公司	一九九八年六月
夢幻城堡	郝廣才文	格林文化公司	一九九八年六月
銀河玩具島	郝廣才文	格林文化公司	一九九八年六月
蝴蝶新衣	郝廣才文	格林文化公司	一九九八年六月
學說謊的人	郝廣才文	格林文化公司	一九九八年六月
藍鬍子的故事	郝廣才文	格林文化公司	一九九八年六月
我做了一個夢	郝廣才著	格林文化公司	一九九八年九月

勇敢的王子	郝廣才著	格林文化公司	一九九八年九月
羅伯史考特	郝廣才文	格林文化公司	一九九八年九月
魔法小遊戲	郝廣才著	格林文化公司	一九九八年九月
小紅帽來啦	郝廣才文	格林文化公司	一九九八年二月
小彈珠大麻煩	郝廣才文	格林文化公司	一九九八年十二月
巨人和春天	郝廣才文	格林文化公司	一九九八年十二月
再見人魚	郝廣才文	格林文化公司	一九九八年十二月
金魚王在哪裡	郝廣才文	格林文化公司	一九九八年十二月
英雄不怕貓	郝廣才文	格林文化公司	一九九八年二月
搖滾馬戲團	郝廣才文	格林文化公司	一九九九年二月
拯救獨腳人	郝廣才文	格林文化公司	一九九九年二月
學說謊的人	郝廣才文	格林文化公司	一九九九年二月
藍鬍子的故事	郝廣才文	格林文化公司	一九九九年二月

三、報導與評論彙編

蘋果派阿拉蒙　郝廣才　中華民國兒童文學學會會訊八卷四期（民國八十一年八月）
一九九二年八月　頁廿九～卅一
蘇斯博士的作品研討　林麗娟記錄　觀念玩具——蘇斯博士與新兒童文學　一九九三年六月一日初版　頁七十一～七十七
蘇斯博士的作品賞析　林麗娟記錄　觀念玩具——蘇斯博士與新兒童文學　一九九三年六月一日初版　頁六十五～七十
蘇斯博士的作品和生平　郝廣才主講，黃瑞怡記錄　觀念玩具——蘇斯博士與新兒童文學　一九九三年六月一日初版　頁五十八
訪郝廣才——談海峽兩岸暨世界的圖畫書　余治瑩　兒童文學家十夏季號，一九九三年四、五、六月分　一九九三年六月　頁十九～廿二
出乎意料的願望——評〈魔法水晶球〉，〈阿卡迪歐・羅巴托著 康琮譯〉　郝廣才　聯合報：讀書人　一九九五年六月
兒童文學裡可以出現髒話嗎？　林艮等　兒童文學家十八期　一九九六年四月　頁三

～六
夢想的實踐者——珍・古德Jane Goodall　郝廣才　出版情報一〇二期　一九九六年十月　頁十二～十三
走進繪本的童幻世界　郝廣才　台北畫刊三五一期　一九九七年四月　頁八～十一
《從法蘭克福書展談兒童文學圖書出版之二》，從法蘭克福到全世界，台灣出版家的國際視野——專訪郝廣才　湯芝萱　國語日報・教育專刊・兒童文學版十三版　一九九七年十二月廿一日
油炸冰淇淋——繪本在台灣的觀察　郝廣才　美育九十一期，兒童插畫特輯　一九九八年一月　頁十一～十六
一九九八台灣童書市場概況：在茶杯中蓬勃發展　郝廣才口述，湯芝萱整理　出版情報一二九、一三〇期合刊　一九九九年二月　頁一二六～一二七
期待更寬廣的出版視野——第七屆台北國際書展　郝廣才　台北畫刊三七三期　一九九九年二月　頁十一～十三
郝廣才想要開一百家出版社　董成瑜　中國時報開卷四三版　一九九九年二月廿五日

國家圖書館出版品預行編目(CIP)資料

林文寶兒童文學著作集. 第四輯, 其他編 / 林文寶作.
-- 初版. -- 臺北市 : 萬卷樓圖書股份有限公司,
2023.09
 冊 ; 公分. --(林文寶兒童文學著作集 ;
1605004)
ISBN 978-986-478-982-5(第 5 冊 : 精裝). --
ISBN 978-986-478-989-4(全套 : 精裝)

1.CST: 兒童文學 2.CST: 文學理論 3.CST: 文學評論
4.CST: 臺灣

863.591 112015560

林文寶兒童文學著作集 第四輯 其他編 第五冊

兒童文學工作者訪問稿(下)

作 者 林文寶
主 編 張晏瑞

出 版 萬卷樓圖書股份有限公司
發行人 林慶彰
總經理 梁錦興
總編輯 張晏瑞
聯 絡 電話 02-23216565 傳真 02-23944113
網址 www.wanjuan.com.tw
郵箱 service@wanjuan.com.tw
地 址 106 臺北市羅斯福路二段 41 號 6 樓之三
印 刷 百通科技股份有限公司
初 版 2023 年 9 月
定 價 新臺幣 18000 元 全套十一冊精裝 不分售
ISBN 978-986-478-989-4(全套 : 精裝)
ISBN 978-986-478-982-5(第 5 冊 : 精裝)

 新聞局出版事業登記證號局版臺業字第 5655 號